D－血風航路

吸血鬼（バンパイア）ハンター40

菊地秀行

朝日文庫

二〇二一年四月〜二〇二二年一月「一冊の本」
に連載されたものに加筆しました。

目次

第一章　六人目の乗客……7
第二章　探　索……45
第三章　過去の亡霊……84
第四章　我が名はデッケン……122
第五章　狂海艦隊……159
第六章　狂海プロジェクト……196
第七章　凪（なぎ）遠く……234
あとがき　259

吸血鬼(バンパイア)ハンターDの世界

遙か未来の地球。人類は核戦争の末に衰退し、代わって〝貴族〟と呼ばれる吸血鬼たちが高度な科学文明を駆使し、全生命体の頂点に君臨していた。しかし吸血鬼の食糧と化した人類も反旗を翻してふたたび〝貴族狩り(ハント)〟を始め、荒廃した大地の上で、貴族VS.人間の争いは激しさを増していた。

吸血鬼と人間の間に生まれついた混血種(ダンピール)のDは、究極の吸血鬼ハンターである。様々な依頼主に雇われては貴族狩りを遂行するDの出自の謎とは？　この世界の隠された秘密と、そしてDの運命の行方は？　今日もまたDの旅は続く——。

「残念ながら」

　にやにやと返したのは、カード使い――賭博師と思しい男であった。肥満漢のいらつき気味の問いよりも、当人を軽蔑している風だ。

「そもそも、名前と職業以外、ぼんやりとしか思い出せんのですからな。気がつくと、この船上にいた。そして、もうひと月以上、乗っている。いや、それは私の場合ですが」

「退屈じゃないのかね？」

　学者風の男が、本を置いてこちらを見た。

「さすがに、こうひとりカードを操るしかないとね。これでは全〈辺境区〉で〝カードの魔術師〟と呼ばれた腕が泣くばかりだ」

　学者風は続けて、

「そちらのお若いのの銛の腕も同じかね？」

「何回同じことを訊くんだよ、ドクター」

　若者は怒りをこめて応じた。空気に一瞬、気迫が生じた。

「ちゃんと船にいる。部屋にゃあ銛もある。だが、甲板へも出られず、ヘル・ホエールの姿も見られねえ――腕がなまらねえようにしているが、いい加減やになるぜ」

「そこのお嬢さん」

　と肥満漢が呼びかけた。

「まだ一曲弾いてもらえんのかね?」

「ごめんなさい」

部屋の隅で娘が応じた。

「船に乗ってから、そんな気になれませんの」

「そらそうさ」

と若者が肩を持つ。年も近い――ほぼ同じだろう。

「こんな得体の知れねえ客どもを相手に、芸術家が芸を見せる気になれるかよ」

「芸術家ではないけれど――芸でもないわ」

娘は静かに言った。

「こりゃすまねえ」

と肩をすくめる若者に皮肉っぽい視線を送った賭博師風の顔が、ふっと奥のドアへ向いた。

「退屈にも限度があるとわかったか――ボーイめの足音、妙に慌ただしい」

他の四人は顔を見合わせたところをみると、誰も気がつかなかったらしい。

数秒後、奥のドアから入って来たのは、顔の右半分を鉄の仮面で覆った小柄なボーイであった。ハイカラーの白い上下を着けている。左腰に太さ五センチ、長さ二〇センチほどの円筒をぶら下げている。

「みなさまにお知らせがございます」

かなり高い声で言って、蝶タイを直す。

「じき、新しいお客さまがお出でになります。お心持ちを平常になさいませ」

「今度の奴は、ここへ来る理由を知っておるのか？」

肥満漢が煙をひと塊吐き出して訊いた。

「もう近くまで来ておられます。私は迎えに出なければなりません」

身を翻しかけた白い上衣の背後で、どよめきの凝塊が生じた。

「甲板へ出られるのか？　おれも付き合うぜ」

と銛打ちの若者が声をかけた。

「私も」

娘であった。

「私も伺おう」

とドクター某が立ち上がり、

「いいねえ」

と賭博師風も、並べたカードを手首のひと捻りでまとめ、底の一枚を覗いてからベストのポケットに押しこんだ。

肥満漢も、手すりのスイッチを入れ、車椅子を前進させた。

「なら――わしも行こう。こんなホールにひとり残されるのは敵わん」

そのとき、賭博師がこう言ったのを、誰も耳にしなかった。

「ジョーカーか。新人が凶を運ぶか吉となるか、誰にもわからねえな」

皓々と灯りは点いているが、どこか闇を拭えない廊下であった。右方のドアの窓のひとつから光が溢れていたが、誰ひとり開けた者はいない。ある日、賭博師がノックしてみたが、何の応答もなく、窓には影も動かなかった。

豪奢で短い階段を上がると、甲板に出た。

「これはこれは」

と言うボーイの声を、風が吹きとばした。

「風が強いです。みなさんはお部屋へ――」

と続けたが、それも切れ切れで、

「んなもの風じゃねえよ」

若者のひと言を破砕槌に、全員が眼を凝らした。

「海はどうだ?」

賭博師風が奇妙な問いを放った。

「ご覧のとおりです」

ボーイの答えも、奇妙といえば奇妙である。風はあるのに、船は揺れていない。まるで凪だ。

「一体、何が？」

若者の声に、ひとすじの光が応じた。一〇メートルほどの高みから放たれたそれは、それを装置した帆柱と風にたなびく帆——及び、黒い水の一点を浮かび上がらせた。

「人だわ⁉」

娘の叫びに全員の眼が集まる。

「立ってるぞ——海の上に」

ドクターの押し殺した声は、却って驚きの大きさを示していた。

黒い海面に、こちらは揺れながら立っているのは、黒ずくめの男であった。鍔広の旅人帽（トラベラーズ・ハット）とコートの裾が風になびき、しかし、少しもバランスを取っている風にも見えないのが不思議だった。

「あれが新人か？」

肥満漢は咥えた葉巻に手をやり、ほとんど燃え尽きた先端に触れて、悲鳴を上げた。

その位置と光のせいで、俯（うつむ）いている風に見える顔が、不意にこちらを見上げ、全員が息を呑（の）んだ。

黒い波と風の世界で、ひとすじの光が浮かび上がらせたその美貌。海は別世界のものを生んだのか。

彼は太い柱の上に乗っていた。そして、柱は揺れても彼は揺るぎもしないのであった。

その足下に水輪が広がった。舷側からボーイがロープを投じたのだ。

「引っ張り上げる。待ってろ」

立ち尽す五人へ、

「手伝って下さい」

と言った刹那、その頭上を黒いかがやきが飛び越え、彼と客たちの間に着地した。音も震動もなく。それを摑んで跳躍したロープが、足下に落ちた。ボーイは両手を見つめた。少しの負荷もかからなかったのだ。

「ようこそ、デッケン号へ」

とボーイは新しい乗客に告げた。

「私はスタッフです。ボーイと呼んで下さい」

「――Dだ」

闇の声であった。

「内部へどうぞ」

ボーイは昇降口の方をふり返った。

五人がいた。動こうともしない。

「紹介は中で」

ボーイの要請を彼らは無視した。一刻も早くこの美しい若者に――否、若者の美しさに、自

分を知って欲しいとでもいう風に。

「おれはチェシュ・モッセン――銛打ちだ」

と若者が言った。

「ゼス・モーテンセン――医者です」

「フリッツ・ショート――賭博師だ」

彼の右手の中で、カードが垂直に跳ね上がり、空中に消えた。

四人目に娘が胸に手を当てた。

「イライザ・ホリスタンと申します。バイオリン弾きですわ」

五人目は――

「わしはライゼン・ドハティ――名前くらいは知っておろうな？〈東部辺境区（セクター）〉では、ちょっと知られた実業家だ」

返事もせず、Dは昇降口へ向かった。

眼が彼らを確認し、耳が声と名前を知った。もう用はないのだった。

少しして五人も後に続いた。新人の態度に腹も立てない。揃（そろ）って魂まで奪われているのだった。


ホールに戻ると、五人はそれぞれの席に着いた。

「誰だ、いまのは？」

若者――チェシュが一同を見廻し、

「Dって――聞いたことねえぞ」

「おまえが世間知らずなだけだ。貴族(バンパイア)ハンター〝D〟。誰もが認める〈辺境〉一の腕利きだ」

明らかに小馬鹿にした賭博師――ショートの口調と眼差しがチェシュの血を熱くさせた。

それを見抜いたのか、

「よさんか――せっかく静かな晩を荒らされては敵わん」

ドハティ氏のだみ声が、ホールを占拠してのけた。

「そんなハンターがどうしてここへ来たと思う？」

ショートの右手から一枚のカードが、白いドレス――イライザの胸もとに潜りこんだ。

「あら」

と睨(にら)みつけるのを物ともせずに抜き取って、

「占ってみた。クラブのQ(クイーン)だ。さっぱりわからんということだな」

「あんた占い師なのか？　なら黒マントつけて、呪文のひとつも唱えてろや」

「よさんか、二人とも」

ドクター・モーテンセンが声を荒げた。

「いいや、やめねえさ。こういうことははっきりさせた方がいい。気に食わねえ相手は痛い目に遇わせる。それが万事平穏にする道だぜ」

チェシュが立ち上がった。

「ほお」

と応じたショートの右手はひと組のカードを摑んでいる。

「死は愚かという別名を持つ」

低声が、全員をふり向かせた。澄んだ声なのに、それは陰々とホールに広がった。

「イライザ」

とドクター・モーテンセンが驚きを声に乗せた。

「驚いた。〈南部辺境区〉の俗謡を知っているとは思わなかったよ」

「――静かになさい。じき、彼が来るわ」

静かな指摘には、全員を沈黙させる力があった。

同時に、戸口へ眼を向けさせる力も、また。

まずボーイが、続いてDが黒々と入って来た。背の長剣に客たちの視線が集中する。

彼がそれを下ろし、ホールの左の奥――イライザから少し離れた壁にもたれると、ボーイが隅のカウンターから、金のグラスを皿に載せてDのすぐ前の席へとやって来た。

小卓に置かれたグラスには紅いワインが満ちていた。

「ハンターってのは、酒を飲まねえと聞いたぜ」

チェシュが話しかけた。沈黙に耐えられないと悟ったのである。

「やっぱり世間知らずな兄さんだな」

ショートが今度は嘲笑した。

「ハンターだって酒は飲むさ。だが、仕事にさわるほどは絶対にすごさねえ。それがプロってもんだ」

このやり取りを無視するようなひと言が生まれた。

「お若いの。どうしてこの船へ？　さっきの様子だと、難破かね？」

ダミ声を葉巻の煙の輪が取り囲んでいる。

「おまえたちはどうだ？」

また全員が眼を閉じた。冷たく澄んだ声にめまいを覚えたのである。

「ふーむ」

とドハティ氏は咥えた葉巻をひん曲げ、

「おい、ボーイ。話してやれ」

「承知いたしました。みなさんは自らのご職業とお名前以外、記憶が殆どございませんのです」

「何故だ？」

「それは――存じません」

「それじゃあ、おれたちにするのと同じ返事だろうよ」

ショートが嘲った。その中に怒りがこもっていた。

2

「おれは乗っていた船が沈んだ」
とDは言った。
「やっぱり、君だけは知っていたか」
ドクター・モーテンセンが眼を閉じてうなずいた。
「やっぱりって何です？」
ショートが訊きたくなさそうに訊いた。
「いままでこの船には何も起こらなかった。だからこそ、このメンバーで済んだのだ。
銛打ち
医者
賭博師
実業家
そして、女バイオリニスト

　何処にも触れ合う部分がない連中ばかりだ。ところが我々はそれを異常と思っていない。いや、思いながらも、謎を解こうともしない。これで良しと思ってはいないのに、だ。恐らく、我々はこの五人以外の存在を待っていたのだよ。〈辺境〉一の貴族ハンター——をな」

　モーテンセンの言葉をどう聞いたか、全員が沈黙を選んだ。少しして、

「誰もこの環境に満足してるわけじゃないわ」

　とイライザが切り出した。

「ある日、突然この船の中にいた。それまでの記憶もうっすらと残ってる。なのにこんなところで波に揺られてる。ボーイさんにも訊いたし、船の中も探ってみた。でも、何ひとつわからない。結局、自分たちの意志以外の、貴族が操るような力によって、運ばれて来たのよ。そして、同じ、抗いようのない力によって、ここに閉じこめられている。下船も出来ない。そこへ彼が来た」

　Dを見つめる女の表情には、ひどくひたむきなものがあった。

「でも、忘れては駄目よ。多分、彼を招いたのも、得体の知れない、私たちを閉じこめた力の主だということをね。決して私たちを救うために寄越したんじゃないわ」

「じゃあ、ただの偶然じゃねえってのか⁉」

　チェシュがテーブルを叩いた。空っぽのグラスが跳び上がる。ただのガラスだ。

「テーブルに当たっても何にもならないわよ」

イライザは冷たく言った。チェシュは歯を剝いて唸った。

「だが、ボーイは新しい客人だと言った」

ドクターが眼を光らせた。

「お嬢さんの言葉が正しいとすれば、我々と一緒にすべきだと、力を持つ者が認めたのだ。でなければ、彼はいまも海上を漂っているだろう」

ドクターの眼差しには、彼の置かれた状況――運命を打開してくれそうな、ただひとつの存在への期待がこもっていた。

「この船の名はデッケンだったな」

Dが言った。全員が身を固くした。答えはない。Dが訊いたのは、カウンターの向うのボーイだったからだ。彼はうなずいた。

「左様で」

「ヴァンデル・デッケンか？」

「左様で」

どよめきが人々の間を巡った。美しいハンターは、何ひとつ行動を起こさず、事態を進展させたのだ。

「ここにいるか？」

「はい、恐らくは操舵室に」

「会えるか？」

「ご案内は出来ますが、お会いになれるかどうかは保証いたしかねます」

Dは立ち上がった。

彼にしてみれば、訳もわからずここにいる客たちの話を聞くよりも、船長からじかに聞いた方が早いと思ったものか。

「あんた、行くのか？」

チェシュもつながれていたみたいに立ち上がった。

「おれもついてくぜ」

「私も」

イライザも後に続いた。ドクターも大儀そうに、

「これはお付き合いしなければなるまいな」

ショートが右隣りの肥満漢――ドハティを見て、

「あんたどうする？」

「甲板までの往復で十分だ。後で聞かせてもらおう」

ショートは、よいしと立ち上がった。

「あんたと二人でここへ残されるのは真っ平だ。おれも行く」

長い廊下は何処までも続いているように見えた。

「上で見た長さは、とっくに過ぎてるぞ」

ドクター・モーテンセンはやや息を切らせていた。

「前のときもそうだったよ。おれもこの少し先で諦めた。けど、何となく今度は行けそうな気がする」

チェシュの言葉は、Dの背に吸いこまれた。

「船長に会わせてと何度も頼んだけれど、とうとう会わせてもらえなかった。でも、この人は例外らしいわね」

「だといいがな」

ショートが皮肉っぽい笑みを口もとに浮かべた。

「あら、その異議、裏付けがあるの？」

「これさ」

右手が上がった。指の間にはさまれたカードは、イライザの方に裏を見せていた。

「悪いけど、私はそういうのを信じるタイプではないの。他人の運命を知ってるぞと、ひとりでうっとりしてなさい」

「やれやれ」

カードは指の間で回転し、見えなくなった。

右方に階段が現われた。

ボーイは普通の足取りで上がっていく。

Dも後を追った。

十段目で前方をドアが塞いだ。

ボーイがノックし、

「船長――私です。お客さまがお目にかかりたいと仰るので、お連れしましたが」

返事はない。

ボーイがふり向いた。

その横を、押しのけるようにDが進んだ。

ドアノブに手をかける。廻りもせず、ドアも動かない。

「何をしても無駄です。お会いにはなれません」

Dは腰のベルトから細長い小柄状の品を取り出した。どのような品であれ、この若者が使えば、本来あり得ぬ力を発揮する。

ドアと壁との間に差しこみ、一気に斬り下ろした。

「何ということを⁉　――おやめ下さいませ！」

ボーイはDの腕を摑み――すぐに放した。鋼に触れても何も出来ない。

Dはドアを押した。

動かない。

わずかに力を加えて、Ｄはすぐドアに背を向けて、階段を下りはじめた。

ついて来た四人が先に下り、続いたＤに、

「駄目かよ？」

チェシュが代表して訊いた。

「駄目じゃの」

若い銛打ちは呆然と立ちすくんだ。驚きのあまり、全機能が停止してしまったのだ。

他の三人もＤを見つめるばかりだ。何だ、今の嗄れ声は？

ショートが無理やり笑って、

「腹話術だ。そうだろ？」

「残念だが、ＮＯじゃ」

と嗄れ声が告げた。

「わしのことなどどうでもよい。この船主は余程のものじゃわい」

「わかるのかね？」

ドクター・モーテンセンである。声はもう落ち着いていた。

「いや、まだ漠然としすぎておるな。せっかくの船旅だ。ゆっくり機会を待つとしよう」

「あんたでも駄目かい」

チェシュが肩を落とした。声は病人のようである。

「一体全体、この船をこさえたのは何者なんだ？」

「ただの船大工じゃ」

と嗄れ声は言った。それがDの左手から洩れていることに、人々は気がついた。

「だが、デッケン船長が乗ったとき、すべてが狂ってしまった。その狂いが、おまえたちを離さぬのじゃ」

イライザが胸を押さえて、

「何ですの、狂いって？」

「少し待て」

全員が、おおと呻いた。Dの声であった。

「打つ手があるのかね？」

ドクターが身を乗り出した。

「少しってどれくらいだ？」

ショートも黙ってはいられないらしい。

答えず、Dはもと来た通路を歩き出した。みなさんもと言って、ボーイが後に続く。

「ふざけやがって――おれたちなんか眼に入らねえってのか？」

憤るチェシュに、

「虫以下ね」

とイライザが油を注ぎ、壁を蹴りつけさせた。

「今度は上のドアに、銛を叩きこんでやるぜ」

「慌てんな」

妙に静かな声が、若者の怒りを少し静めた。

ショートであった。

「あのハンター――何か知ってるぞ」

「何でえ、出し惜しみかよ」

「何故、私たちに言わないの?」

「もともとの性格。プラス、しゃべりたくない内容なんだろう」

「けどよ、あいつがひとりで好き勝手をやらかして、気がついたらみな船から放り出されてたなんて、洒落(しゃれ)にもならねえぜ」

「とにかく戻ろう。ここにいても仕方がない」

ドクターのひと言で、みな口をつぐみ、重苦しい空気を全身にまとわりつかせながら歩き出した。

動かなかった時間が、美しいハンターの登場でゆっくりとひと目盛ほど動いた。それは却(かえ)って、人々の思惑を攪乱(かくらん)し、もどかしさで灼(や)いた一同から大分離れた最後尾で、ショートがカードを摑み出して、裏面の一枚を眺めた。さっきイライザに裏を見せたものだ。

「やっぱり、ロクなことがねえ。——な?」

話しかけたカードは、黒いクラブのA(エース)であった。

Dが戻ったのは、個人の船室であった。船に乗り移ってすぐ、ボーイが案内した場所である。この船には次元空間処理が施されているらしく、室内はちょっとしたパーティ会場くらいのゆとりを持っていた。

Dがソファに腰を下ろすと、

「何故、止(と)めた?」

と左手が怒号した。

「難しいドアだが、開けられないことはなかった。それをどうして——」

「入ってもデッケンはいまい」

とD。

「奴の隠形(おんぎょう)は、おれにも正体が摑めん」

「ほお、怖気(おじけ)づいたのかの?」

「おれの乗った船が海中の何かにぶつかって沈没、乗客乗員すべてが行方不明だ。あそこで何分待った？」

「ほんの七分程度じゃ——おい、ひょっとして」

ノックの音がした。

「誰じゃい？」

「私——イライザです」

「何の用じゃ？」

「開けて。話があるの」

「何じゃい？」

「この船のことよ。あなたもおかしいと思うでしょう」

Dはドアのところへ行って、鍵を開けた。

「この部屋も同じ造りね」

と見廻してから、

「甲板から見たサイズでは、あり得ない広さよ。次元工作がしてあるのかしら？」

「そうだ」

イライザは、胸に手を当てて微笑した。

「ほっとしたわ、あなたの声ね」

「悪かったの」

ひっ、と息を引いてから、

「悪趣味ね。腹話術ならやめて」

「残念じゃったのお」

「手に憑いているのね？」

「話を聞こう」

とD。

「デッケンの船って言ったわね。どういう意味？」

「ヴァンデル・デッケン——太古の時間からいまに伝わる船乗りだ」

「何かの船長？」

「そうじゃ」

イライザは眼を閉じてから空を仰ぎ、長い息を吐いた。

「どちらかにしてくれない？」

「では、わしが」

もう一度息を吐いてから、イライザは、

「はい」

と言った。

「デッケンというのは、呪われた船乗りじゃった。もとは大きな貨物帆船の船長で、あるとき、積み荷を別の国に運ぶため、自国の港を出て、最大の難所と呼ばれるある岬にさしかかった。ところが、運悪く暴風雨に遭遇して、足止めを食った。到着日は近づくのに、嵐は熄まん。つい怒り狂ったデッケンは、神に呪いの言葉を吐きかけ、そのせいで、永遠に七つの海をさまようという罰を与えられたのじゃ」

間が出来た。

次はイライザの番だった。

「この船が、それ?」

「左様。デッケンが気がつくと、船員は、顔半分を鉄の仮面で覆われたボーイひとりを残して姿を消し、自分は時空の果てるまで、舵を操る運命に従うことになったのじゃ」

「でも、この部屋の造りは、現代の客船のものよ」

「少しは時代に合わせて進歩せんとな」

「それはそうだけど――ひとりでさまようはずなのに、他の人間を乗せてもいいの? それも何人も」

「そこがわからん」

「ホールでの繰り返しになるけど――」

イライザは本題に入った。

「私たち、どうしてこの船にいるのか、いくら考えてもわからないの。名前と職業は記憶してるんだけど、何処からどうやって、何故この船に乗ってるのかは、見当もつかないのよ。その理由――あなたならわかるんじゃないの？」

3

「わからん」

冷酷な言葉もこの若者の口から出たならば、絶望しながらも納得できる。

「〈西部辺境区（セクター）〉で、あなたはダンピールだと聞いたわ。水に弱いから、滅多に船には乗らないって。それが今回はどういう風の吹き廻し？」

「好奇心が強すぎると身を滅ぼすぞ、お姐（ねえ）ちゃん」

いきなり嗄れ声である。

「お姐ちゃんの名前はイライザよ、わかった？」

「ほいほい」

「おれに貴族退治の依頼をしたのは、ゴースハランジ島のタルセックという村長だった。島内で見つかった貴族の遺跡から古代のメカニズムが甦（よみが）り、島民を殺しまくっているという。操っているのは貴族に違いない」

「親玉を断てば、子分も止まるというわけね。それで水というタブーを破った」

「わしは反対したのじゃ」

と左手が、それ見ろという風に言った。

「貴族の血を持つ者が水を渡るのは危険じゃ。加えて、以後、島からの連絡が絶えた」

「あら」

「案の定、船に乗ったら途端に遭難じゃ。他の連中は暗い海の藻屑じゃろう」

「あなたひとりが材木に乗って、この船に引き上げられた――どう考えても何らかの意図が働いているわね」

ここでイライザはひと呼吸置いて、

「――私たちどうなると思う？」

と訊いた。

「あなたは決して、私たちと無関係じゃない。なら、私たちの運命も読み取れるんじゃない？」

「運命に抗えるのは、当人だけだ」

「じゃあ、何もせず運命に従うわけ？」

「運命次第だ」

「わお」

イライザの呻きを、状況に合わない音が引き取った。

「ピアノか――見事なものじゃ」

最初の小節でこう判断した左手の言葉どおり、それは船室に流れ、渦巻き、狂おしく二人の耳を灼いた。

「ほおほお」

と嗄れ声が感心する横で、イライザは茫として、

「何て激しい精神の調べなの。ピアニストも狂っているわ、観客もおかしくなってしまう」

「確かに――これを弾ける奴は化物に近いのお」

「――でも、誰が？」

イライザは狂乱の寸前にあった。自分とは無縁の楽器であろうと、音楽家は音に反応する。己れの精神をたぎらせ、その構造を破壊し続ける調べの元凶を突きとめてみたかった。

「船長だ」

冷やかな声が、イライザの狂躁をわずかに和ませた。Dの断定の根拠はわからなかったが、異議を唱える気にはならなかった。

「狂人の操る船か――ヴァンデル・デッケン」

左手がつぶやいた。

「あ奴も狂わずにはいられぬ精神を抱いているらしいの。これは――救いを求めておるぞ」

答えはない。

Dは眼を閉じて黙想に入り、イライザのみが苦悩に顔を歪めている。

不意に熄んだ。

「失礼するわ」

イライザはひと呼吸ついて部屋を出た。

夢中で部屋まで戻っても、混乱は収まらなかった。

長椅子にかけて呼吸を整えた。整え切る前に、鼻がおかしいとささやいた。

潮の香りが混っている。

窓が細く開いている。誰が入ったのかと訝しむ前に、恐怖が心臓を摑んだ。

走り寄って閉じた。鍵をかけて、もう一度呼吸を整えてから、ふり返った。

ソファのところに男が立っていた。

水死人のような顔色と、同じ色の衣裳を身に着けた長身は、腰の剣も目立たせなかった。

さらに濃厚な潮の香が鼻を衝いた。

「あなた……何処から？　誰？」

水死人の肌の中で、男の眼が開いた。血の色をしている。そう意識した瞬間、イライザの思考は朱色に呑みこまれた。

左の首すじに鋭く細い痛みを感じた。

途方もない恐怖が湧き、それを上廻る快感が身を震わせた。

すぐに痛みは離れた。意図的な行為ではなかった。

赤い昏迷が身を浸す中で、イライザは前方の男と、その前に立つ世にも美しい顔を捉えた。

「何処から来た？」

とDは訊いた。

「船底からか――海の底からか？」

男は無言で左へ動いた。柄にかけた右手が剣を抜いた。Dもまた抜きつれる。

急速に冷たい空気が毛穴から侵入して来るのをイライザは感じた。

男の刀身は細く、構えも古い――半身から右手一本を突き出してDを迎えたのだ。

Dは中段――青眼。

男が大きく一歩を踏み出した。人間にはあり得ぬ水が流れるような速さであった。Dへの突きは呆気なく心臓へ吸いこまれるように見えた。

鋭い響きが男をよろめかせた。刀身を左へ弾いたのは、人外の力であった。

体勢を取り直す寸前、Dの刃がその心臓を深々と貫いた。

イライザが悲鳴を上げた。単なる驚きの表現であったが、わずかにDの意識を揺らした。

わずかな戦いの隙に、男は戸口へと走った。

戸口を抜ける前に、白木の針がぼんのくぼから喉仏を貫通してのけた。

声にならない呻きを洩らして、男は廊下を船首の方へ数歩歩いた。

右方にある別のドアが開いて、ドクター・モーテンセンが顔を出し、その場に立ちすくんだ。

男が倒れたのは彼の眼の前だった。

　二秒と空けずに刀身を下げたDが現われたとき、男の身体は、黄土色の粘液と化していた。気配を感じ取ったのか、他のメンバーも次々と現われ、激しく咳きこんだ。

　潮の匂いと混った猛烈な腐敗臭である。嘔吐する者が出ないのが不思議だった。

　誰かが問いを放つ前に、

「私が見たときは、ちゃんと服を着て、剣を手にした男だった。倒れてすぐ、身体中が——服もだ——みるみる溶け出して、こんな色になり——おお⁉」

　ドクター・モーテンセンの驚きの声に送られたものか、床上の粘液は蒸発を開始し、わずかな染みを残すだけとなり、その染みもじきに消えてしまった。

「何があったんだ？」

　チェシュの問いはDに向けられていた。

　Dは背を向けて、イライザの戸口を見つめていた。

「奇妙な気配を感じて来てみたが」

　彼を含めた全員の視線の集中地点に、イライザが立っていた。左首に当てられた手は無事だったが、その下の服の襟近くに、血痕が残っていた。

「咬まれたわ」

　チェシュが、ああと呻いた。

「血を吸われたか？」

　とチェシュが訊いた。

「そこまでは——咬まれたのはわかるけど」

「なら、まだ第一症で済む可能性もある。ドクターに診てもらえ」

　チェシュの指先で、モーテンセン医師は硬直していた。

「何を見た？」

　とＤ。

　ドクターは首を横にふった。

「いままで退屈だが無事なもんだった。それが——あんたが来た途端にこれだぜ」

　チェシュの瞳が怒りとＤを映した。

「まあ——面白くなって来やがったがよ」

「私は——私はどうなるの？」

　イライザの絶望に応じたのは、Ｄひとりであった。

　彼は歩み寄り、押さえた手を除いて、首すじを見た。うじゃじゃけた傷痕が二つ残っている。

　左手をそこに乗せ、

「傷のみだ」

　と言った。安堵の空気が広がった。

　吸血というのは物理的な行為だが、それによって死者が吸血鬼と化すのは、物理と医学の範疇を超えた超自然の現象に分類される。この場合、吸血も超自然に含まれることになるが、血さえ吸われていなければ、それは単なる二つの咬み痕に留まるのだ。

「我慢せい」

　嗄れ声と同時に、左手とイライザの首すじの間から青い煙が立ち昇り、バイオリニストは全身を痙攣させた。

　失神してDに抱き止められたその首すじに無残な火傷の痕が生々しく残っているのを、人々は見た。それがみるみる消滅していくのも。

　その身体を抱き上げ、Dはイライザの部屋へ戻った。

　ベッドに横たえてから、外へ出た。

　まだみな廊下にいた。ボーイも加わっていた。

「貴族が現われたとか？」

　緊張の面持ちで訊いた。

「貴族かどうかはわからん。この船は何かを積んでいるか？」

「特別のものはございません」

「船底まで行ったことは？」

「仕事ですので何度も」

「四艙までもか？」

ボーイは沈黙に陥った。

「そこまで調べることだ。でなければ、いま出現した奴の謎は解けん」

「……」

Dはイライザの部屋の方を向いて、

「誰か夜明けまで付いていろ」

言い置いて部屋へと戻った。

ボーイに人々の質問が集中した。

何が現われたのか？　そいつは何処から来たのか？

そして、最大の興味は、

「四艙とは何だ？」

「外洋を運航する船には必ず備わっていると言われています」

「言われてるって——確実にあるわけじゃないのか？」

「左様で。私も船長に教わるまでは存じませんでした」

「さっきの奴は——そこから出て来たのか？」

ドクター・モーテンセンが、つぶやくように訊いた。声にふさわしい肌色の顔へ、視線が集中する。

「それは——不明です」

「とにかく調べてみろ。でないと、オチオチ眠ることも出来ん」

ドハティが葉巻を抜いて、ダミ声を放った。声はともかく正しい指摘であることは、全員が認めた。

「承知いたしました。船長と打ち合わせてから早急に手を打ちます」

ボーイは一礼して去った。後はイライザに誰が付くかという話になって、モーテンセン医師とチェシュが名乗りを上げた。

モーテンセン医師は医療鞄を取りに船室へ引き返した。

ドアをロックすると、長い吐息が洩れた。長いこと溜めておいたのかと思った。

あの男の死に際は、脳裡に灼きついている。

倒れたときにはもうあれが始まっていた。崩壊に到る前の変身ないし変質は、顔も手足も同時に生じた。すべてが縮小し、服は肉と溶け合い、粘塊なのにひとつの形を取った。

長さ二メートル近い触手だ。蛸の吸盤に似たものが表面を覆ったが、短い生命であった。

「何処から来た？　何処から？」

医師は自分の声を遠く聞いた。

激しい音が続けざまに鳴った。一度でDはドアの方へ眼と左手を向けていた。

「何じゃい？」

「イライザさんの様子がおかしいのだ」

医師の声であった。

「急速な血液減少が生じたらしい」

「らしい？」

「付き添いに戻ったら、衰弱し切っていた」

「輸血したらどうじゃ？」

「もうチェシュが提供してくれた。少しも回復しない。輸血した分が、途中で消失しているとしか思えん」

「ふむ。このままだと万年貧血症か」

「貧血のレベルはとうに超えている。このままだと、あと半日も保たんぞ。一度見て欲しいのだ」

Dはソファから立ち上がり、長刀を手に戸口へ向かった。

ベッドのイライザは、うす青い紙を貼りつけたような顔に化けていた。Dがベッドへ運んでから、モーテンセン医師が鞄を持って駆けつけるまで五分と経っていまい。その間の変化と考えれば、通常の病理現象ではあり得ない。

「輸血が無効では、手の打ちようがないのお」

左手が重々しく口にした。

ドハティがうーむと唸り、賭博師――ショートが肩をすくめた。チェシュは腕の包帯を揉(も)みながら、天井を見上げている。

それなりに次の手を模索しているのは明らかであった。この船に集められた以上、何処かに共通点があるに違いない。それは何か。

Dの足下に一枚のカードが落ちた。ショートが放ったものである。

「ダイヤのA(エース)だ。何とか出来るのは、あんたしかいないようだ」

「他は占ったのかの？」

と左手。

「ああ。全員どうでもいい手(カード)だった。どうする？」

Dにぶつかった声は彼ひとりのものだが、視線は全員だった。

第二章　探　索

1

「恐らく——血が合わんのだ」

Dの声に一同はぎょっとし、かつ安堵（あんど）した。

「どういうこっちゃい？」

左手の声には驚きが濃い。彼も知らなかったとみえる。

「あのひと咬（か）みは、この娘を貴族にはしなかったが、血液を別のものに変えた。輸血したが血管内で消滅するのは、それが病人に不適切だからだ。消えぬ血を与えればよかろう」

「それはそうだが」

モーテンセン医師が非難するような口調で言った。彼にも初めての事態なのである。

「では、その血は何処（どこ）から手に入れる？　船内に用意があるとでもいうのかね」

「そうだ――ボーイなら」

チェシュが膝を叩いた。

「御用でしょうか⁉」

戸口の声に、Dを除いた全員がとび上がりかけた。

モーテンセン医師が事情を話し、

「こういう状況で役に立つ血液は積んであるかね？」

と訊いた。

「その条件に合うかどうかは不明ですが、血液は積んでございます」

どよめきが上がった。〈辺境区〉の船なら貴族対策の一環として積んであってもおかしくはないが、この船には意外だったのだ。だが、その血かどうかは不明のままだ。そして、誰かがそれを船底へ取りにいかなくてはならない。貴族が潜むかも知れない場所へ。

「誰かを選んで行け――彼が案内役だ」

切り捨てるようなDの言葉に、医師が反応した。

「あんた――行かんのか⁉　他に適任者はおらんのだぞ」

「おれの仕事は貴族狩りだ」

「それを言い出したら、ひとりとして彼女を救う者はいなくなる。彼女がどうなってもいいのか？」

「自分にそう問え」

Dは戸口へ歩き出した。

「待ちなよ！」

怒号のような声が背中に当たった。チェシュである。

「そうか、あれだな、依頼がなきゃ何もしないってことか？　わかった。おれの有金全部でどうだ？」

「幾らある？」

左手である。チェシュの顔に朱が昇った。

「そ、それは——手持ちは二〇ダラスと少しだけど、故郷に帰ったら残りは——」

「一〇〇〇ダラス」

若者はぐいっと詰まった。夢のような額である。

途方に暮れたように立ちすくんだとき、

「五〇〇ダラスならある」

とモーテンセン医師が名乗りを上げた。

「足りんのお」

「おい、あんた——実業家と言ったよな？　その体格なら相当持ってんだろ。提供しろ」

「な、何を言う？」

　ドハティは不平面を作って、そっぽを向いた。

「——何で縁もゆかりもない女のために金を払わなきゃならん？　断る」

「このどケチ野郎。こんな船の上で金貯めてたって仕様がねえだろう」

　チェシュが太い首っ玉を摑んで絞め上げた。

「ぐええ」

「よせ——」

　とショートが止めた。

「そうだ——あんたも出せ」

「悪いが、この船に乗る前にスッちまったらしくてな。船賃を請求されたら、あんたらの誰かをカモにするしかねえと思ってたところだ。しかし、この場を見過ごすようじゃ男とは言えねえな。なあ、Dよ。おれと勝負しろや」

「博打はやらん主義じゃ」

　左手がせせら笑った。

「残念じゃが、ここまで——グエッ」

　左手を握りしめて、

「どうやる？」

　とDが訊いた。どよめきが生じた。

　ショートがにやりと笑って、

「そう来なくちゃ。時間がねえ。簡単にいこう」

　カードを取り出し、左の手の平に乗せた。

「好きなのを一枚取りな。おれも引く。大きな方が勝ちだ。あんたが勝ったら、船倉へはおれが行く。おれが勝ったら――」

　と上のカードを指先で叩いた。

　Dは無雑作にそれを取った。

「まだだぜ、一緒にオープンするんだ」

　ショートは一番下の一枚を抜いた。

　それを見て、無表情に、

「じゃ、オープンといくか」

　ずん、と重いものが室内に広がった。たかだかカード二枚のやり取りが、ひとつの運命を決めると、全員が予感したのである。それは、イライザひとりのものではなかった。

　別のものも広がった――絶叫が。

　船は大きく右に傾いた。D以外の全員がそれに付き合った。

「嵐か――暴風か⁉」

「ボーイ、何とかしろ！」

入り乱れる恐怖の声の中で、

「お力をお貸し下さい」

と当のボーイがDに申しこんだ。

「報酬は船長の方から提供させていただきます」

「よかろう」

Dの答えと同時に、今度は左へ、人も物も波のように流れた。

「みなさま、少々お待ち下さいませ」

あくまでも丁寧に告げて、ボーイとDは船室を出て行った。

手すりに掴まったボーイに対し、Dは悠然と廊下を進んでいく。靴底からはじまる全身が、床の角度にかかわらず、常に垂直を維持しているのであった。

「ここ三〇〇年ほどの間に一度、その前に数回起こりました」

「何かが船に害をなそうと企(たくら)み、船が拒絶する——その結果じゃな」

「左様でございます」

「貴族か？」

「いえ。船内のものだと思いますが、いまだに正体は不明です」

「船長の見解も同じか？」

「さて、伺ったことがございませんので。ひょっとしたら、何もご存じないのではと思うこともございます」

「変わった船長じゃの、デッケン殿は」

「………」

「前のとき、どうやって鎮めた？」

「いつの間にか」

二人は階段を下りはじめた。

揺れは激しさを増している。

「前回、鎮めたとき、船はどうなった？」

とＤ。

「――どうにも」

「本当にか？」

「それは――」

ボーイは口ごもり、天井を見上げた。記憶を辿っているらしい。それから、

「そういえば、嵐に見舞われたような。そうです、経験したこともない凄い嵐でした」

「その前もか？」

「記憶にございません」

「どうやって嵐を乗り切った？」

「それも」

二人は二艙目の床に着いた。

「ここだ」

Dの右手が長刀の柄にかかった。

客室の下は機関室になる。

廊下の左右は異様に太いパイプや歯車に満たされていた。奇妙なのは、その配列と角度だった。単なる樫材の円柱から新たな柱が伸び出し、その先で歯車と嚙み合う。それによって回転するのは歯車にあらず別の支柱なのだ。

「次元工作じゃの。しかし、最初からこうなっていたとは思えんが。どうじゃ？」

ボーイは首をふった。

「私は何も。これに気がついたのは、一万年ほど前です」

「ふむ、神とやらの呪いを受けてから少し後じゃの」

「神に逆らったものがいたか」

「そう、ひとりだけ、の」

左手の声は途中で止まった。Dの足が止まったのも同時であった。

前方に細い通路が延びている。

先は見えない。

Ｄの左手が閃（ひらめ）いた。

白木の針は、闇に吸いこまれた。

反応はない。

「いませんか？」

とボーイが訊いた。

「いいや――おる」

左手が愉（たの）しげに応じた。

「針も命中しておる――が、効かんのお」

急にボーイが悲鳴を上げて右壁に激突した。凄まじい揺れの一撃であった。だが、船の現状に変化はない。揺れたのに揺れていないのだ。

Ｄが前へ進んだ。

そのとき――汽笛が鳴った。熄（や）まなかった。断続的に響き渡るそれは、船の悲鳴とも聴こえた。

「何事だ？」

「緊急事態発生の合図じゃな」

左手の愉しさは、さらに深くなったようだ。

「この揺れではあるまいて」

「戻るぞ」

言うなり、Ｄが身を翻（ひるがえ）した。

「は？」

「この船艙にいる奴は後廻（あとまわ）しだ。危険は上――外にある」

ボーイは異議も唱えずに従った。

ひっきりなしの汽笛に、はじめて耳にする声が交じった。

「前方に危機が近づきつつある。Ｄよ、甲板へ上がれ。繰り返す。Ｄよ、甲板へ上がれ」

「ご指名じゃぞ」

「おれの名をデッケンに伝えたか？」

「いえ」

すべての声は激しく揺れた。

「先に行く」

Ｄは床を蹴った。左右にうねる壁は、彼の突進に少しも邪魔にならなかった。

船室の廊下に出た。

チェシュがいた。

「イライザはどうじゃ？」

「眠りっ放しだ。何だ、この汽笛は？」

「部屋にいろ」

と伝えて、Dは甲板への階段へと走った。

外へ出るや、暗黒と波しぶきが挑んで来た。

照明がDと、その身体にぶつかって砕ける波を火花のように見せた。

Dの足は自然に船首へ向かった。

「おお、邪魔者がおるな」

左手の声はなおも愉快そうである。

船首までは一〇メートルもない。四次元的変化はなおも健在らしい。

前方に巨大なものがいた。感覚だけで確認するしかないものが。

「下の奴は、これを避けようとしていたのかも知れんな。遭遇する前に船を揺すって、別のルートを辿らせようと」

「おれを招いたのはそのためか？」

「さあて。何にしろ厄介な相手だぞ。何よりどでかすぎる」

汽笛が連続した。

「障害まで三〇〇メートル」

沈黙が船上から波音も追い払った。三〇〇メートルを走破するのに三〇秒もかかるまい。その間に、Dは戦法を考え出さなくてはならなかった。

「二〇〇メートル――Dよ、用意はいいか？」

問いに答えはない。

海面とは異なる黒い広がりが、前方に滲み出て来た。

船を呑みこむ海魔――それは伝説のクラーケンだろうか。

「どうやるかの？」

と左手が訊いた。

「おれに相手をしろという以上――」

とDは言った。答えではない。

「何にせよ、貴族の血を引いていることになる」

「それはそうじゃ」

「探って来い」

「ほい」

照明光の下で閃光が走った。Dの左手は手首から失われていた。自ら斬り落とした手首を、Dは前方に放ったのである。

「五〇メートル――限界線だ」

汽笛の声が戦闘開始を宣言した。

いったん外へ出たチェシュが銛と一緒に戻って来た。

「おれはDを追っかけるぜ」

と言った。イライザの脈を取っていたモーテンセン医師が必死にバランスを取りながら、

「無茶はよせ。波にさらわれるぞ」

「このくらいの揺れや波――はじめてだと思うのか。おれは銛打ちだぜ」

若者は立ちすくんだ。脳裡で何かが火花を放った。

――そうだ、おれはあの時――

銛は放たれた。

――そして貫いた。何を⁉

悲鳴が耳を灼いた。女の叫びだった。

――あれは――あれは――ジェ――

我に返った。記憶は闇に消えた。

「後は頼んだぜ」

と身を翻した。

「待って」

それは医師の声ではなかった。

それは――

「ジェニー」

若者はふり向いた。

ベッドの前にイライザが立っていた。微動だにしていない。足は床から数センチ浮いていた。

「誰だ、おまえは？」

モーテンセン医師が訊いた。

イライザの顔は別人のそれに変わっていた。同い歳くらいの娘に。

「ジェニーよ」

と薔薇(ばら)色の唇が動いた。

2

「どういうこった？　貴族に咬まれると——化けるのか？　どういう貴族なんだ？」

チェシュは銛を床に立てて転倒を防いだ。船の揺れは変わらない。

「ジェニー——おまえは死んだんだ。出て来るな」

「どうして……避けるの……チェシュ……あんなに愛して……くれたのに……」

イライザだった女は悲しげに訴えた。その眼から赤い筋が頬(ほほ)を伝わった。血の涙であった。

「あたしは……あなたと一緒に行きたかった……だけよ……何処までも二人で……」

「やめてくれ。おまえはもう……」

イライザが滑り寄って来た。足は動いていない。モーテンセン医師も呆然と二人を凝視するしかなかった。

「来るな！」

チェシュの絶叫は、銛を構える手助けをした。

「……チェシュ……」

「やめろ！」

銛は放たれた。

見事に心臓を貫かれて、イライザ——いや、ジェニーは倒れ——なかった。

チェシュの肩に白い手がかかった。青い筋が走っている。

「愛しのチェシュ」

身動きできない若者の首筋にジェニーはすがりついた。

モーテンセン医師がとびかかった。不自然な姿勢からのジャンプなので、目標は外れたが、それが救いになった。引き剝がすつもりが、髪を摑んで引き倒したのである。

「おのれ」

娘が医師の手を弾き、のしかかった。歪んだ口から白い牙が覗くのを見て、医師が激しく呻いた。

「ジェニー⁉」

絶叫に悲鳴が重なった。

モーテンセン医師は、のけぞった娘の胸から突き出たごつい穂先を認めた。銛を。

「チェ……シュ……」

「逝け！」

と銛打ちの若者は叫んだ。祈りだったかも知れない。

娘の顔がイライザの顔となって倒れてから、彼は銛を引き抜いた。

「傷がねえ。確かに突いたのに」

歯を鳴らすチェシュへ、

「君が刺したのは、ジェニーだ」

と医師が告げた。

「イライザは取り憑かれていたから、平気なんだ。あいつに血を吸われなかったから貴族の仲間にはならずに済んだが、その死霊が身体を乗っ取ったんだ」

「――また、憑くかな？」

「わからん。早くベッドへ」

とイライザの上に屈みこんだとき、二人は船が揺れていないことに気がついた。

前方のものが口を開けるのを、Dは感じた。呑みこまれる。船が巨大な海の何者かに。新たな海の伝説が生まれるのか、Dよ。

敵の動きに異常が生じた。

見えざる闇の巨体が震えている。別の揺れが船を包んだ。

「やったぞ」

闇の何処かで嗄れ声が誇らしげに叫んだ。船の揺れが止まったのは、その瞬間であった。

「急所を捉えた。こいつは沈むぞ」

Dは左腕を上げた。

飛んで来た左手首が、切断面に貼りついた。

「やったやった」

とフィンガー・スナップを利かせる。

「いや」

とDが言った。

「かえって怒り出した。急所を外したな」

「えーっ⁉」

声がぐらりと揺れた。船は大きく右へ傾いた。

Dの膝がわずかにたわむ。そいつへ跳び移るつもりなのだ。

揺れがさらに。じき復元限界を超える。

「動くな」

背後からの声が、Dの耳たぶをかすめた。

唸りをたてて飛んだ銛は闇に吸いこまれた。

「よし！」

とチェシュが、右手をふった。

押し寄せる苦痛をDは感じた。若者の銛はその自負を裏切らなかったのである。

やがて、そいつは闇か――海中に没した。姿が見えたわけではない。気配が絶えたのだ。

Dがチェシュをふり返った。

「急所が見えたのか？」

「いや、勘だよ」

若者は額の汗を拭った。いまの一撃は体力と精神力を限界までふり絞った一投だったのである。

「おれたちは、何か起これば夜でも漁や海魔退治に出かけなきゃならねえ。何も見えねえ海で銛を当てるには、眼は頼りにならん。勘しかねえんだよ」

若者は身を凍らせた。Dがその肩に右手を乗せたのだ。

――褒められてるのか⁉

と思ったとき、短い労いを終えたDは扉の方へ歩み去るところだった。

Dはイライザを見下ろした。モーテンセン医師から、ジェニーという憑依体について聞かされたところである。

「血を吸われてはいないのに、貴族の一味に加わる代わりにおかしなもの、が憑きました」

「珍種じゃの」

と左手が言った。

「この海域で、彼奴がおかしなものを造り出そうとしていた噂は聞かぬが——はて」

「おれたちの船を難破させ、この船へ導いた意志がある。それは奴のものか」

とD。

「ふむ。珍種と遭遇したら、敵はおまえを狙い、おまえは敵を討つ。それが目的か」

「しばらくは潮と船に任せるしかあるまい」

「一万年以上、この世界で航海を続けて来た船じゃ。そう簡単には沈むまいよ。なにせ神の呪いがかかっているのだからのう。少なくともおまえの力の程はわかったはずじゃ。次は手強いぞ」

そこで口をつぐんだ。言っても無駄だとわかったのだろう。

「それより、もう一度よく考えい。おまえたちはどうしてここにいる？」

左手の問いはモーテンセン医師に向けられた。

溜息の後――

「わからん。いままで何百度となく記憶を求めたが、最初に知っていたことしか思い出せん」

「あの若いのは――」

ノックの音がした。

「入れ」

左手が偉そうに言った。

チェシュであった。銛を手にしている。甲板上のものよりひと廻り短く、細い。

モーテンセンとDの視線に気づいたか、

「護身用だよ」

と唇を尖らせた。

「ジェニーのことを思い出したか?」

とD。

チェシュは顔をそむけて、

「ああ」

と答えた。居心地が悪そうな声である。

「あれは故郷の女だ。ひでえ田舎の村でな。ろくに魚も獲れねえのに、季節ごとに海から化物の群れがやって来て、少ない魚をみんな食い荒らしちまうんだ。おれは頭に来て、銛打ちを志した。名人になって化物どもを残らず獲物にしてやるつもりだった。それには本物の銛打ちに習うしかねえ。それで村を出た。ジェニーは行かないでくれと止めた。行くなら死んでやるってな。それでおれは――」

途切れてから、次の言葉までは数秒の間があった。

「――ジェニーを捨てて……村を出た。それきり――村へは戻らなかった」

「どうしてじゃ?」

「大きな港町で銛を習い、漁に出てるうちに、村へ戻るのが馬鹿らしくなっちまったのさ。ジェニーよりいい女にも出会っちまったもんで」

「正直な男じゃな」

左手が小馬鹿にしたように笑った。

「しかし、それをこいつに隠しておいてどうしようというんじゃ、こいつをここへ呼びこんだ奴は?」

Dが医師を見つめた。医師は頬を染めて、

「よしてくれ。私はまだ何も思い出せん」

Dはそれ以上追わなかった。ひとりは過去を想起した。次は誰の番なのか。

「この娘をどうする?」

と医師に訊いた。

「効果があるかどうか不明だが、護符がある。それで次の憑依に備えてみよう」

「それはそれは」

チェシュに対するのと変わらない左手の口調に、医師はむっとしたようだが、鞄から数枚の札を取り出すと、イライザの左右の手首に一枚ずつ巻きつけ、最後に首をひと巻きした。

医師が物理的な治療の他に、占いや呪術に頼るのは、〈辺境区〉においては当り前のことだ。

それを見届けて、Ｄは部屋を出た。ボーイが待っていた。

「また船底へ？」

「当然じゃ」

と左手が応じ、

「——何じゃ、それは？」

とボーイが胸前に抱いているプラスチックのコンテナを見つめた。

「お捜しの血液です。表面には『万能』と書いてございます」

「何処で見つけて来た？　下へ降りたのか？」

「いえ。いつの間にかこちらの部屋の前に」

「ふむ？」

と呻いたところへ、

「報酬だな」

とDが言った。

「報酬？　――外の奴を蹴散らした礼とでも？」

「他に思いつくか？」

「いや、――いまなら、船長も顔を出すかも知れんぞ。恩を売れ」

「奴はもう返した」

Dは顎でイライザの部屋を示した。ボーイは一礼して中へ入って行った。

「しかし、万能血液という触れこみは、いただけんのお」

Dはもう応えず、廊下を歩き出した。

しばらくしてモーテンセン医師が現われ、輸血は成功したと告げた。

「眠っている。普通の眠りをね」

「血が足りれば、吸いに来る奴がいる。気をつけることだ」

「他人事のように言うな」

と左手。

医師は咎めるように吐き捨て、それから表情をゆるめて、

「あんたには他人事だろうな」

「正解じゃ――ぐえ⁉」

Vサインをこしらえた左手を握りしめ、Dはこう言った。

「しばらくは穏やかな日が続くだろう、嵐の前のようにな」

数日の間、穏やかな航海が続いた。

人々は船室にこもり、時間(とき)だけが過ぎていった。

周囲の海は荒い。嵐とはいえないが、凪(なぎ)にも遠かった。天空がかぶる暗雲がその原因かも知れない。それでいて、全体に和むような光が同伴している。昼らしい。

舳先(へさき)に近い昇降口が開いた。

闇色の光というものがあれば、それが現われた。

Dである。風が髪を吹き乱す。Dは後方――主帆(メイン・マスト)を見てから、眼を戻した。

舳先にイライザが立っていた。髪とくるぶしまであるスカートが揺れている。バイオリンを弾き出したばかりだった。

流れて来るのは、激しい調べであった。弓の動きの精妙さを見て、

「ほお」

と左手が唸った。

「ああ見えて激しいものを持つ女だと思っていたが、何という調べじゃ。船の舵(かじ)も乗りまくっておるわ」

Dは無言であった。左手の感慨すらないのかも知れない。

弓が止まった。

バイオリンを下ろし、しばらくの間、息をついてから、イライザはふり向いた。顔全体が汗で光っている。光が暗いのは雲が映るからだろう。

Dは足音もたてずに近づいた。この若者が進むと風さえも道を開けるようであった。

「わかったのか？」

自分が現われたことが、という意味であろう。

「雲が重く、風は冷たく――はじめての経験です」

「やめる必要はない」

「誰かが来ただけで、私の弦を動かしていたものは消えてしまいました。理由はわかりません。きっと、私には理解できない存在なのでしょう」

Dを見る頬はもう桜色の羞恥に染まっているが、Dがいなくてもその色は変わらないと思われた。

「船舶の血が効いたらしいの。しかし、おかしなものを積んでおる。わしの知る限り、これまでで二度あったきりじゃ」

Dがやや眼を細めて、

「風が強いぞ」

と言った。イライザは、はっとした風に、

「あら、気にしてくれるんですか。でも大丈夫。風だけなら、もっと凄い山の中で演奏したこともあるわ。吹雪なのに、客がひとりいるからって。屋外でした。終わったら半分冷凍人間。でも、あれがいちばん記憶に残ってるわ。懐かしい」

イライザはくすりと笑った。済んだことは気にならないタイプらしい。

「何という曲じゃ？」

「スラードという作曲家の『門出』というの。キツいときは、これに限ります」

こう言ってから、イライザは、

「キツいといえば、ダンピールは貴族と同じで水が苦手だと聞いています。水辺水際ばかりか、水路はすべて避けるとか。なのに、あなたは船に乗り、海を渡ってここへやって来ました。貴族もダンピールも、やむを得ず船を使う場合は終わりまで船室にこもっているというのに、あなたは舳先で潮風に吹かれている。それがここへ来た理由ですか？」

Dを見る表情は恍惚（こうこつ）ではなく、ひたむきなものに変わっていた。

それが溶けた。眼鼻の落とす影たちを消滅させたのは、水の彼方（かなた）に差し落ちた天からの光だった。

3

「まさか——急にこんな……」

切れた雲間からの光が海の果てを照らしている。

「あなたなの？」

Dの顔に声が当たった。

「あなたとはじめて会ったときから、何かが起こりそうな気がしていたんです。いえ、この船がどうとかじゃなくて、私の未来が変わってしまうような」

「未来はそんなに甘いもんじゃないぞ」

と左手が皮肉っぽく言って、たちまちおとなしくなった。

Dは拳を握りしめたまま、彼方の雲間から波を照らす陽光を見つめた。

「天候のせいだ」

と言った。

イライザは一度だけ、しかし、激しく首をふって、

「いえ、あなたです。でも——まさか、貴族の血を引く者が、光を喚び寄せるなんて」

そこでイライザの言葉は絶えた。

光の中のDの美貌に魂まで奪われてしまったのだ。かがやきとはいえぬ光であった。それがかがやきを生んでいる。

貴族と人間の混血児。

それが、かがやきのないところにかがやきを。Dとはどういう存在なのか。

――ひょっとしたら、何か途方もないことを、この男は成し遂げてしまうかも知れない。

何を？

それ以上の思考は、イライザの能力を超えていた。

両手が動いた。彼女の意志ではなかった。弓が弦に触れた。

流れ出した音に、Dが、

「これは？」

と訊いた。

イライザは答えず弾き続けた。どんな曲になるのか想像もつかなかった。曲なのかもわからない。航海の果てに待つ途方もない何かを表現しているような気もした。その何かがわからない。頼りは弦と弓とが生み出す音だけだった。

答えも出来ず、しようとも思わず、イライザは弾き続けた。

その耳に入っては来なかったが、昇降口で、

「こりゃ凄え」

と呻いた声がある。

賭博師ショートであった。モーテンセン医師もいる、ドハティもいる。彼らはしかし、声も出なかった。

「これが小娘の演奏かよ」

という声に、揃ってうなずいたのである。

「なんか、何をやっても上手くいくような気がして来たぜ、なあ、実業屋？」

念を押されてようやく、

「実業家だ」

と罵り返したものの、声は曖昧である。

「我々は大演奏家と知らずに一緒にいたらしいな」

モーテンセン医師の口調も本気そのものだ。

演奏が熄んだ。自発的な中止ではなかった。

何処からともなく、ピアノの調べが流れて来たのである。いや、それはあまりにも暴力的な侵入であった。

「デッケンか」

左手が呻いた。

「喧嘩を売る気か？　いいや、これは斬りこみじゃな」

弾き手は臨終の床で鍵盤を叩いているに違いない。その指を動かしているのは、最後の生命だといっても、疑う者はいまい。

光が退いていった。

雲が渦巻きはじめた。

昇降口の男たちから悲鳴が上がった。船体が激しく左右に揺れはじめたのである。

帆が激しく鳴った。風に逆らうか巻かれるのか。

「こちらもやるのお」

左手が呻いた。半ば感嘆に近い。すでに弓を下げたイライザの顔も興奮をたぎらせているではないか。

「何を憤っておるのか——世界か？　自分の運命か？」

「何もかも」

イライザはつぶやいた。返事のつもりだったのか。

「あの人もこの船も、世界のとても深くて暗いところから出て来たのよ。いえ、いまもそこにいるわ。演奏はそれを呪っているの」

「それでは、いつ終わるのじゃ？」

「彼の呪いが解けたとき——でも、そんな時が来るかどうかはわかりません」

「すると、我々もそれまでお付き合いせんといかんのか？」

冷たいものが人々の頬に当たった。波しぶきであった。光は失われていた。

「戻る時間だな」

とDが言った。

「そのようじゃな」

風がコートの裾を叩いたとき、Dは昇降口の方へ歩きはじめていた。

他の連中はすでに消えている。イライザも続いた。

最後がDだった。扉のノブに手をかけ、下りる寸前、彼はふと足を止めた。

狂気の調べに聴き入っているとも見えたが――ドアはすぐ閉じられ、船上の生きものを追放した調べは、無人の甲板を狂気によって埋め――熄んだ。

「ひどい目に遇ったのお」

車椅子用の運搬機から下りたドハティがハンカチで顔を拭いながら呻き、それから周囲を見廻して、

「おい、銛打ちは何処へ行った？」

と訊いた。

チェシュは最初から彼らとはいなかった。階段の下までは来たのだが、段に足をかける寸前、

自分の名を呼ぶ声を聞いたのだ。

彼は無視することも、他の船客たちに知らせることもしなかった。鼓膜が揺れた刹那に正常な意識は失われてしまったのである。

脳内に響く声は、ひたすら彼の名を呼んでいた。それだけだ。しかし、チェシュの足は廊下を船尾の方へと進みはじめていた。

何も考えず何も感じず進んでいくうちに、船内の様子はあり得ないものと化しつつあった。チェシュの足は木の段ではなく、石段を踏み下り、チェシュの眼は板張りの壁の向うに走る閃光を見た。稲妻であった。それは遙か彼方の水平線を一瞬露わにしながらも、彼の頭上でかがやくような印象を与えた。

そして、彼の耳はおびただしい歌い手が唱える招来と拒絶の合唱を聴いた。来るがよいと歌声は誘い、来てはならぬと背を向けた。

彼の足は止まらず、その眼は稲妻の下に置かれた黒い柩を網膜に伝えた。

ここは何処だ？　ふと眼醒めた意識が尋ね、第四船艙だと歌声が応じた。

チェシュの姿は光に溶けた。闇が戻ったとき、棺は彼の足下にあった。靴と棺の間を白いものが埋めている。白骨だ。十や二十ではない。百単位の骨が白々と聖壇をこしらえているのだった。

「よく来た」

と声が言った。音楽はもはや聴こえなかった。肉声だ――女の。

「長い長い歳月の果てに、時が来た。わらわの望まぬ時が。おまえには、それを廃滅する役を担ってもらおうぞ」

「おれをここへ喚んだのは――あんたか？」

チェシュは嗄れ切った自分の声を聞いた。

「どうして、おれを選んだ？　おれはただの銛打ちだぞ」

「わらわに非ず。わらわの敵じゃ」

ようやく戻ったチェシュの思考は、ふたたび潰乱した。それを何とか引きとめて、

「――じゃあ、あのハンターも？」

と呻いたのは、数秒後であった。声は言った。

「あの者は――わからぬ。得体の知れぬ奴。いずれ片づけねばなるまいが」

「おれをどうしようってんだ？」

最も肝心な内容が口を衝いた。

「裏切り者が必要じゃ。わらわはすぐにはこの住いを出られぬ」

「その敵ってのは――あんたを滅ぼすつもりなのか？」

「敵である以上な」

女の声が笑った。

「だが、おれたちは何も知らねえぞ」

「じきにわかる。おまえはその前に寝返るのじゃ」

「どうやって？」

チェシュの声の末尾は、稲妻の轟きに溶けた。

返事はなかった。

代わりに――柩の蓋がゆっくりと持ち上がりはじめた。

蓋の端を持ち上げる白い腕をチェシュは見た。

属する世界から切り離された虚ろな表情を、頭上の光が浮かび上がらせた。


かすかな揺れが皮膚を通して伝わって来た。

「荒れはじめたな。まあ、この船にいりゃ安全だがな」

とショートはホールの仲間へ眼をやった。

イライザとドハティである。Dとモーテンセン医師の姿はない。モーテンセン医師は自室だろうが、Dはわからない。

「あのハンサムが来て、おれたちを包む事態も動きはじめたようだ。なあ、バイオリニストよ、もう一曲プレイしてみねえか。さらに加速するかも知れねえぞ」

イライザは無視した。その顔は恍惚が占めていた。

「何をうっとりしとる？」

ソファにかけたドハティが、葉巻と右腕をふり廻した。高級品らしく、灰は落ちない。

「あの色男か、それとも、あのピアノか？」

「どっちもだろうよ」

とショートが代理になった。

「少なくともこの船には二匹の化物が乗りこんでいるんだ。どっちかがおれたちの行末を握ってたっておかしかねえ。早いとこ決めて欲しいような気もするし、それも怖えしな」

「賭博師がそんなことでどうする？」

ドハティが苦々しげに言った。

「明日の身もわからぬ一か八かの人生が、おまえの持ち味じゃろうが。どんな明日が来ようとカードを引いておれ」

「そいつぁ面白え。ひとつ、あんたの運勢を占ってやろうか、え？」

「やめい」

ドハティがそっぽを向いた。

「しゃあねえな。ま、金持ちは臆病と決まってる。あんたはどうだい、バイオリン？」

「イライザよ。自分の運命を人に教えてもらう趣味はないわ」

「人気がねえなあ」

ショートは肩をすくめ、テーブルのカードの一枚を取り上げた。

表情が変わった。ドハティとイライザが思わずこちらを見たほどの変貌ぶりであった。

「ひとり——やられた」

ショートの瞳はスペードのA（エース）を映していた。

「誰がじゃ？」

ドハティが身を乗り出した。ショートの腕を認めているというより、状況が導き出した反応であった。

「あの若いのだ」

「チェシュ」

イライザは呻いた。

「しかも——奴、いまここへ来るぞ」

ショートの顔がカードから戸口へと移った。足音はしない。しかし、

「来た」

とショートがカードを置いた。ドアが不気味な響きをたてながら開いた。

入って来た。確かにチェシュだ、右手に銛を下げている。はじめて見る無表情が不気味だった。

「どうした？　顔色が悪いぞ」

とドハティが訊いた。事態が呑みこめているのかどうかわからない、いつもの口調であった。

「勝負がしたい」

とチェシュは戸口で言った。

ショートが右手のカードを上げ、

「これか?」

と訊いた。

「そうだ」

「おれは構わんが、何を賭ける?」

「お互いの生命だ」

「何ィ?」

と眼を丸くしたのはドハティとイライザだ。ショートは、ほおという表情になったきりである。

「やるのは構わねえが、おれはおめえの生命を貰(もら)っても何の得にもならねえんだ。持ってかれるのもご免だしな」

「永遠の生命なら?」

全員が息を引いた。チェシュが別のものと化したのを認めたのだ。

「おめえ——まさか」

ショートは若い首筋に眼をやったが、傷はない。

チェシュは彼を見つめているばかりだ。途方もない間違いが生じているような気が、ショートにはした。

「いいだろう」

そう応じた眼は血走っていた。

「何処にいたってこの先、大層なこたあねえ身の上だ。乗ったぜ」

「やめて」

イライザがチェシュの肩を掴み、はっと手を引いた。氷であった。

「邪魔するな」

ショートは鋭く言ってから、カードをシャッフルしはじめた。

第三章　過去の亡霊

1

　ドアがノックされたとき、Ｄの超感覚は、すでに相手の存在に気づいていた。

　ベッドからドアまで届くはずのない音であった。叩いても分厚い木のドアを抜けるのは無理だ。だが、

「誰だ？」

　とＤは応じた。

「チェシュだ。一緒に来てくれ」

　理由を問う前に、声に含まれた切迫感が黒い姿をドアに進ませた。右手には一刀を摑んでいる。

　廊下のチェシュは、いつもよりひどく青ざめて見えた。

Dを見るなり、ホールの方へ歩き出す。Dも追った。何も訊こうとしない。

Dを尻目に彼はホールのドアを開けた。

小卓を囲んでいた連中が、はっとこちらを向いて、眼も剝いた。

小卓をはさんでショートと相対していたのは、言うまでもない——チェシュだった。

誰より早くDの方を向いたイライザが、そこを指さして、ひっと息を引いた。

ショートがDたちを見て、

「いま、そいつと賭けをしてるんだ。邪魔するな。しかし、どっちが本物だ？」

ショートの前のチェシュがテーブルを離れた。Dから眼を離さず、ドアの方へと向かい、

「勝負はこの次だ」

と言うなり、ドアを開けて駆け去った。

「おい⁉」

ショートが呻いた。

Dと一緒に入って来たチェシュも、忽然と消えていたのである。

「幻か」

ドハティが煙を吐き出してからつぶやいた。

「あいつがあんたを連れて来たのか？」

「そうだ」

とＤ。

「賭けの内容が気に入らなかったのかね」

ショートが皮肉っぽく言った。

「何だ？」

とＤ。

「不滅の生命さ」

「自分が勝てると思ったのか？」

ドハティの眼もＤを見つめている。

「いいや、あのままやってりゃ、おれの負けだったな」

「何故わかる？」

ドハティは眼を細めた。

「勝負てのは、勝ち負けの面白さを競うんだが、勝負師となると、時たま結果がわかっちまうんだよ。理由は長年の経験としか言えんがな」

「負けを承知で勝負を受けたのかね？　さっぱりわからん」

ドハティが肩をすくめて見せた。

「あんたにゃわからんだろうな。石の橋も叩いて渡るタイプだ」

「叩いても渡らんよ」

ドハティは胸を張った。

「もうひとりのチェシュがあなたを呼んだのですね？」

とイライザは戸口のDを見つめた。

「そうだ」

イライザの視線はショートに据えられた。

「この賭けをやめさせるために——そして、ショートさんには勝敗がわかっていた。彼はあなたを守ろうとしたのです」

「守る？　はは、おれはいまのままより永遠の生命を貰（もら）った方がよかったかも知れんな」

「そして、永遠にこの船で旅を続ける、か」

一同を沈黙に落とすDのひと言であった。誰もが永遠の旅の意味を考え、すぐにやめた。

「恐らく、もうひとりのチェシュは、おまえがそうなるのを止めに来たのだ」

「おれが貴族になるのが嫌だったたってのかい？」

「次に会ったら訊いてみろ」

ドハティが咳（せき）払いをひとつした。

「わしの見立てだが、あの若いのはもう血を吸われたのではないか？」

みなが凍りつく前に、

「わからん」

とＤが実業家を見つめた。結局、彼ひとりが石と化した。

「だが、この船の底に収められているものが、時を得て動きはじめている。そのつもりでいろ」

「おい、何とかしろよ」

ショートが咎（とが）めるように言った。

「そうじゃ、金は船長が払うぞ。おまえはわしらの使用――」

彼は最後まで言えなかった。イライザが素早くその口を塞（ふさ）いだのである。

「ふがふが」

と憤る耳もとで、

「死にたいの？」

イライザはささやき、抵抗をやめさせた。

「フーム」

とこれはＤに非（あら）ず左手が呻いたとき――

戸口からボーイが入って来て、

「皆さま、これからしばらく厄介な海域に入ります」

と告げた。

怒りのやり場を失くしたドハティが、

「どんな海域だ⁉」

といいきりたつ。

「私は『狂海』と呼んでおります」

「化物がうようよか⁉」

ショートがカードをテーブルに並べ、一枚ずつめくりはじめた。

「はい」

「ああ、カードに出てる――おっ⁉」

普段なら大した効果を与えるものでもないが、状況が状況である。全員がぎょっと彼の方へ視線を集中させた。

「素人の下手な趣味は、ボヤを大火事にするぞ」

毒づく左手へ、

「やかましい、五本指のチィパッパ野郎。これでも勝負で負けた一流の占い師から、賭け金の代償に半年手ほどきを受けたんだ。びんびんの玄人だぜ」

「どう出た？」

まくしたてる賭博師をDのひとことが沈黙させた。

「――かなり危(やば)い」

テーブルに叩きつけるように置いたのは、クラブのQ(クイーン)であった。

「この海に潜む力は明白におれたちに狙いをつけている。そして――」

次のカードはスペードのA(エース)であった。

「新しい犠牲者が出る」

「誰だ？」

ドハティが出っ腹を撫(な)でながら訊いた。

「あんただ」

「何ィ？」

たちまち青ざめるおっさんに、

「安心しろ、冗談だ。特定までは出来ん。けど、あんたじゃないという保証もないぜ」

「うーむ」

「おまえかも知れんな」

左手である。

「うるせーな。あんたのご主人かも知れんぞ」

ちらとDを見る眼差しは恐る恐るであった。左手は憤った。

「こいつが主人？　何を言うか、わしらは対等じゃ。そもそも――」

この先は誰もが知りたいところだったが、突然の揺れがそれを制した。

D以外はバランスを大崩しで手近の椅子やテーブルに摑まったが、それも一緒に流れていく。

壁にぶつかって止まった。

「何事だ？　早速〝狂海〟の化物か⁉」

ドハティが喚（わめ）いた。車椅子には自動安定装置がついているらしく、揺れに合わせて器用に位置を変えている。

やがて、揺れは熄（や）んだ。みな眼を丸くした。調度は元の位置に戻っていた。

「ご無事ですか？」

戸口に立つボーイであった。壁の手すりで身を支え、Ｄを見た。

「また、お力をお貸し願えませんか？」

と言った。前より声に焦りが強い。

「今度は何じゃい？　船底か？」

と左手が訊いた。

「はい。ただし、内からの攻撃です」

みな息を引いた。

「船長への反乱分子がいたかの」

「これまでも何度か攻撃はあったのです。すべて退けて来ましたが、今回は大分気が入っています」

「どんな輩（やから）だ？」

ショートがカードをいじくりながら不穏な眼を向けた。

「出帆後一〇年ほどして、船底の柩ともどもども入りこんで来たものたちです」

「それじゃあ、一万年以上同舟しているの⁉」

イライザは恐怖より呆れた顔つきになった。

「左様で」

「よかろう、ただし条件がある」

Dである。空気が緊張を成分とした。

「はい」

「用が済んだら、船長に会わせてもらおう」

「申し伝えます」

「受け入れ次第、仕事に取りかかろう」

「しばらくお待ちを」

こう言って、ボーイは立ち去った。

ホールの天井から、重々しい男の声が降って来たのは、数分後であった。

「ヴァンデル・デッケン船長だ。協力を感謝する。目的を果たしてくれた時点でお目にかかると約束しよう」

それで絶えた。

「〝さまよえるオランダ人〟の言葉じゃぞい」

左手が感心したように言った。

「こりゃ、やらにゃいかんな。こ奴らの氏素性と乗船目的も、船長なら教えてくれるじゃろう」

「こちらへ」

ふたたび現われたボーイが、Dを廊下へと導いた。

そこで彼は足を止め、廊下の両端へ眼を走らせた。

「遅かったようです。やって参りました」

「奴らの目的は何じゃ？」

左手が、

「船の占拠です。何度も切り抜けて来ましたが、今回は武器を備えているようです」

不意にDの左側――通路の壁面に気配が生じた。

黒ずくめの影であった。両手に銃のような品を構えている。Dに向けた銃口には、赤い石が嵌めこまれていた。

Dの胸で青いペンダントが輝いた。

作動しない武器を見つめる影の頭上から、白光が舞い降りた。

頭を割られて崩れ落ちる影の背後から三体が現われた。壁に黒い洞(うろ)が開いているのをDは見た。

不幸なことに、同じ武器を手にしていた。三体をことごとく斬り捨てたとき、ホールの内部からイライザの悲鳴が噴出した。

「次元通路じゃ」

左手の指摘を待たず、Dはホールへ戻った。

ショートが倒れており、ドハティは変わらず車椅子の上で葉巻を咥(くわ)えている。

イライザの悲鳴は奥の壁に穿(うが)たれた黒洞に向かっていた。

二つの影がその腕と足を押さえている。

足を押さえた影のうなじへ白木の針が吸いこまれ、そいつはのけぞり、床に倒れて――消えた。白い灰が残った。

敵の全員が消失したことをDは知った。イライザも、ともに。

「これで二人だぜ」

とショートが投げやりに言った。

「拉致(らち)した連中は多分それぞれ違う。この船にゃおかしな連中が何グループ乗ってるんだ？」

「不明です」

廊下から入って来たボーイが告げた。

「一万年の間に反乱者たちの大きな戦いが何度かありました。その結果残っているのは、私の知る限り、いまの二グループだけですが」

「しかし、奴らは船内を四次元的に歪(ゆが)めて何処(どこ)にでも通路を作り出せる。操舵(そうだ)室を乗っ取るのに一万年もかかるのか？」

「操舵室には出現したことがありません」

「恐らくは次元封鎖機構が作動しているのだろうよ」

と左手が言った。

「船の奪取が目的ならば沈めるわけにはいかん。舵(かじ)を奪えなければ、永遠にこの船とともにある。デッケンは何故、処分しなかった？」

「存じません。恐らくは、乗船した者を手にかけるのは船乗りの矜持(きょうじ)が許さなかったのではないかと」

「そうやって敵とともに一万年か」

ショートが呆れ顔になった。

「私も時々見かけましたが、それも五千年くらい前からはとんと」

ボーイが言うと、

「訳のわからん船だ」

ドハティがこう言って、また煙を噴き上げた。焦る風はない。胆(きも)の据(す)わり方では、Dの次に位置されるかも知れない。彼は続けた。

「しかし、娘をさらったのは、どういう魂胆だ？　新たな行動の幕開けか？　おい、船長は女のためにすべてを捨てられる人間か？」

「お答え致しかねます」

「ふむ、そうか。金なら何とかしてやれるのだが」

勿論（もちろん）、金ではどうにもならないと見越した上での発言である。だが、予想もつかない場面が次に展開した。

「幾ら出せる？」

この場合、この状況で、こんな問いを発する存在はひとりしかいない。

「何ィ⁉」

たるんだ顔と葉巻の先が向かったのは、Dの左手であった。

「どういうこっちゃ？」

声には不安な予感が明滅している。

左手が言った。

「憶（おも）い出した。昔、古い国に〝船幽霊〟というのがあってな。船の底に穴を開け、沈めたくなければ、金を出せと要求をするのじゃ」

「それがどうした？　ここの反乱軍は、金など要求しとらんぞ」

「我々にはな」

「なら船長に船の譲渡要求か？　まさか」

全員がどよめいた。わずか二名の声なのに、それはホールを揺るがしたのである。

「一万年の航海をひとりで成し遂げて来た男に、船を譲れと札びらで口説ける男がいるというのか？　誰だそいつは？　ふ、船幽霊か？」

こう尋ねたのはショートであった。

「はっきりとはわからん。だが、それがいるとしか考えられん」

「あのなあ、そんないい加減な情報に誰が金を払うと思う？」

ドハティは憤然と拳を腿に叩きつけた。

「何とかしてやれると誰かが言いよったの」

「それは——莫迦者。そんないい加減な融資が出来るものか」

「我々全員の生命がかかっておる」

ドハティの額に左手が貼りついた。そのまま嗄れ声が、

「金は何処にある？」

「ここだ」

ドハティは左手を上げた。まばゆい光が一同の瞳に点った。

2

「これは、魔術による恒星間飛行を成し遂げたV・C・アルカード公爵と特殊探査部隊が、貴族にすら想像も出来ぬ異星から持ち帰った品だ」

とドハティは呪文でも唱えるように言った。

「帰還したのは公爵ひとり——彼の持ち帰った品や記録のすべては、枢密院での調査の上、コピーすら許されず、永久に封印された。処分されなかったのは、敵意を持ってそれを成した場合の世界的災厄を、貴族庁の逆次元コンピュータが予想したためだ。だが、数個の品が封印を逃れて世に忍び出た。そのひとつがこの指輪だ。アルカード公爵は帰還後一年を待たずに発狂し、その呪われた拾得物もろとも封じられておるが、黒魔術牢獄に収監される寸前、自らの指ごと切り離して、虚空から投げ捨てた。それがどのようなルートでわしの手に入ったかは、話してもも仕方がない。ただ、それはここにある。そして、わしに現在の地位と財力を与えてくれたのも、これに違いないとわしは信じておる」

「なら、さっさとデッケンとの交渉人に差し出さんかい？」

左手が痺れを切らしたように言った。

「よかろう——そ奴は——何処におる？」

「この船の何処かじゃ」

「それでは解決にならねえぜ」

　とショートが嘲った。

「おい、Dよ。あんたの相棒はこんないい加減な奴なのか？」

　冷え冷えとした声が、

「じきにわかる」

「え？」

　驚きの眼を向けるショートの前で、Dは音もなく立ち上がった。空気すら動かない。ドハテイが、うーむと唸（うな）りながら、失神した。Dの放つ空気に神経系を打撃されたのである。

　Dは廊下へ出た。左手が、

「何処へ行く？」

「〝交渉人〟に用向きを伝えんとな」

「ふむ。当てはあるのか？」

「じきに、な」

　Dは船尾の方へ歩き出した。

　一分としないうちに、多くの人声が右方から聞こえて来た。

　はじめて見る通路が声の方へ続いている。五〇メートルと行かぬうちに、壁から洩（も）れる光と歌声がDを迎えた。

　古風な木のドアの向うは、これも〈辺境〉の居酒屋そっくりの内装であった。煙草の煙が電子ランプの明りを曇らせ、どのテーブルにもグラスと酒瓶が並んでいる。奥のカウンターも同じだ。

ただ――人がいない。Dが一歩入った途端、歌声は消え、ピアノも沈黙に陥ったのである。

焦りもせず、Dはカウンターに向かい、スツールに腰を下ろした。

前方の酒棚の真ん中に嵌めこまれた大鏡が、Dと無人の内部を映している。

Dの後ろに白髪片眼鏡の男が立っていた。

「どうだ？」

とD。

「おらんな」

と左手が答えた。ふり向いても無人の室内だ。

「〝交渉者〟か？」

とDは訊いた。鏡の老人へ。彼は、

「用は？」

と返した。

「女を人質に、おまえに船長を説得させようとする連中がいる。断って貰いたい」

「ほほう。そいつらもおまえも、おれ様の報酬の値段は知っておろうな?」

「少なくとも、おれはな」

「これは驚いた。顔だけでなく度胸も凄いらしいな。そこへ置け」

Dはドハティの指から抜いた指輪をカウンターに乗せた。

鏡の中の老人はDの背後まで近づき、それを取り上げ、すぐに戻した。

「アルカードが魔界星域から持ち帰った死霊宝石に間違いない。望みは聞いた。引き受けよう」

「上手くやれ」

と左手が言った。

Dがカウンターを離れた。

「あっ⁉」

と左手が叫んだ。

カウンターのすぐ上——三〇センチほどの空間から黒い手が突き出し、指輪を摑んだのだ。

光が走った。

ぼっ、と黒い手首が宙に飛ぶ。黒い血が後を追った。

一刀を抜いたDが見たのは鏡の中の光景だ。

血の帯を引きつつ走った手首は、指輪を摑んだまま空中で別の穴に吞みこまれた。それが閉じるや、残されたのは、カウンターと床の血の痕のみであった。

Dはふり向いた。

酒場は静まり返っている。血痕の一滴もない。

刀身を収めた。

戸口まで歩き、もう一度、カウンターの方を見た。

大鏡の中に、彼と――カウンターの向うに立つ老人が見えた。右手に鉈を握っている。柄は長いが、手斧と呼ぶのは憚られた。巨木に打ちこむための刃は黒血で黒々と染まっていた。黒い手を断ったのは、Dではなかったのだ。

「あの石が戻らぬ限り、船長への説得は出来んな」

とカウンターの中で老人は言った。鏡の中である。現実のカウンターは無人だ。

Dは無言で酒場を出た。

「自在に空間をつなぐ連中か。最も厄介な相手かも知れんぞ」

外は酒場への通路へと曲がる前の廊下であった。


止まらぬめまいにふらつきふらつき、私室に戻ったドハティは、備えつけの高級ワインを三杯ほどがぶ飲みして、ようやく落ち着いた。

「指輪がない。世界にあれっきりの異宇宙の宝石を嵌めこんだ指輪がない。くそお、あのDの野郎か？　誰だか知らんが、絶対にただではおかんぞ。この航海が終わったら、必ず奪い返して、心臓に極太の楔(くさび)を打ちこんでくれる。しかし、いつどうやって取り返す？　そもそもこの航海はいつ終わるのだ？」

彼は車椅子の背に体重を預け、覚えている限りの過去を何度も反芻(はんすう)しはじめた。

自分が大物実業家だというのは覚えている。後は——その指輪の知識のみだ。家族のことも、事業の具体的な内容も、幾つか朧(おぼろ)げに記憶の隅に漂っているが、何ひとつ具体的な形は浮かんで来ない。

そして、この変転ぶりにさして驚いてはいない自分がいる。ドハティにはそれがいちばんの不思議だった。酒も葉巻も彼の愛用の品が用意してあるのだ。

一体、誰が何の目的で？　こう考える前に、自分の仕事は何かと引っかかるものだが、それは記憶にない上、そう納得するとさして気にもならなかった。このままこの船で余生を送るのもいいか——こんな考えが芽生えていた。

だが、Dと呼ばれる美しい若者がやって来てから、すべては変わりつつあった。

どうやら、安穏な余生は送れそうにない。あいつは何者だ？　何のためにこの船に来たのか？

ノックの音がした。

「誰だ？」

ダミ声の誰何に、

「ショートだ」

「何の用だ？」

「その声だと――気に入らん来客だな？」

ショートの声は笑っている。

「当然だ。わしは現実の隙間を埋めながら商売をしておる。おまえのごとき、二択の泡のごとき人生とは決して相容れん。帰れ、近づくな」

「そう固いことを言うなよ、実業家さん――おれは占いもやると言ったはずだ。で、あんたのことを占ってみたら、面白いもんが見えたんだよ」

「ふん。そうやって相手といい仲になっていくのだな。わしには通じんぞ、帰れ」

「あんたの会社の名は『モータル＝インモータル』、業務内容は武器製造だ」

ドハティは指摘の内容を脳内で吟味した。突然、記憶が閃いた。

「そうだ、そのとおりだ！　わしは〈東部辺境区〉でもトップの武器製造業者だったのだ。名前もおまえの言うとおりだ。おい、わしは何故ここにいる？」

「そこまでは出て来ない」

とショートの声は言った。

「だが、もう少しわかったことがあるんだ。副社長のリットンとあんたの確執さ」

「リットン⁉」

ドハティは肘掛けを摑んで上体を起こした。怒りの余りの行為であった。

「あれだ、あの反逆者め。知らぬ間に重役どもに手を廻して、会社の株を手に入れ、わしを経営陣から追い落としよった。忘れんぞ、あの怨み——待てよ、待て。もうひとりいる。わしにこの上ないダメージを与えた奴が。えーい、名前が出て来んわ。奴の裏切りに比べればリットンの背任など子供の遊びだった。おお、はらわたが煮えくり返って来る、あれは——あいつは——」

「それ以上は、別の占いをしなけりゃならん。しかも、生命を削る作業になる。ま、諦めな」

「待て！」

ドハティは叫んだ。

「そこまでしゃべって、知らん顔は許せん。おまえ、他にも知っておるのだろう。洗いざらい話すのだ」

「いままでのはサービス。これからはちと厄介な占いになる。生命を一年以上縮めるんだ。それなりの報酬を貰わねえとな」

「報酬？　この船を下りて、無事故郷に帰れたら、幾らでも払ってやる」

「そんな悠長なことを言っていいのかい？」

「何イ？」

「会社なんてのは、所詮人間の手が成した砂上の楼閣さ。何処かに小さな穴が開いたら、一遍に崩れちまう。あんたの場合、その穴は、キリシュって名前だな」

ドハティの全身を稲妻が貫いた。

「キリシュ」

とつぶやいたのも、自分の意志や記憶によるものとは思われぬ響きがあった。

彼は激しく頭をふって叫んだ。

「知らんぞ、そんな名前は？　二度と口にするな！」

「そりゃ覚えてねえだろう。辛すぎる記憶だろうからな。けどな、憶い出さなきゃ、何も始まらねえぜ」

「黙れ黙れ黙れ」

ドハティはテーブルのワイングラスを掴むや、ドアに叩きつけた。

「うるさい、帰れ！」

返事はなかった。

数秒間、怒りを維持してから、ドハティは両肩を落とした。

次に唇を割ったのは、絶対に口にしないと誓ったばかりのひと言であった。

「……キリシュ」

とつぶやいた。

「はじめて聞く名前だ……だが、鼓膜を揺するたびに……胸が裂けてしまう……キリシュよ、おまえは何者だ？」


ひとりだけのホールは、無残とすらいえる孤独を湛えていた。

ショートは中央のソファに腰を下ろして、全体を見廻した。

「これでおれの船——と来りゃ満点だが、そうもいかねえよな。なあ——海の神様よ。後はどうすりゃいい？　あんたはどういうつもりで、おれをこの船に乗せたんだ？　自分についてカードを並べても、何の答えも出ねえ。こんなのはじめてだぜ」

凄まじい勢いで彼はふり向いた。

その手から風を切ったものがある。

かっとドアの表面に突き刺さったのは、一枚のカードであった。他のカードに紛れこませてあったのだ。四隅の角を研ぎ澄ませたそれは、鉄製であった。

「外れたわね」

カードの右横でこう言ったのは、イライザであった。消えたときのままの姿だが、両眼のみが夜の獣のごとく炯炯たる光を放っている。

「何処から来た？」

とショートは訊いた。

「おまえを掠ったのは誰だ？」

「当ててごらんなさい」

「おれも仲間に入れに来たのか？」

「……」

「ほう、始末しに、か？」

ショートの右手でカードが躍った。

「その前に――あなたをここへ送りこんだ存在を知りたいのよ。素直に応じてくれない？」

「わかればね。だが、まだ何も、だ」

イライザの眼光がさらに輝きを増した。

「それはおまえにもわかるだろう。帰ってそう伝えろ」

「それでは役目が果たせないわ」

そう応じたイライザの額にカードが止まった。音もなく、風も切らず、それは額を半ばまで切ったのである。

「やるわね」

イライザは右手を上げて、難なくカードを抜き取った。血は流れず、傷口は跡形もなかった。

「そっちがな」

ショートは、明るい笑みを広げた。

3

「ところで、おまえを拉致したのはどんな連中だ？」

　ショートの両手の間でせわしなく美しくカードが復活した。

「気になるの？」

「この船で起こってることはみんな、さ。何故、ここにいるのか、そいつらは教えてくれたのか？」

「残念でした」

　イライザは薄く笑った。

「彼らは、私たちを招いたものとは無関係よ。ただし、この船と積荷には関心を抱いているわ。チェシュを変えたのは、積荷の主だそうよ」

「何だ、それは？」

「わからない。彼らにもね」

　イライザの眼が妖光を放った。

「彼らは数が少ない。だから、ひとりでも味方を増やしたいんだそうよ。あなたも参加して」

「真っ平だ。おれは死ぬまでこの自分とこの世界に所属するつもりさ」

ショートは、イライザの出方を待つつもりはなかった。鉄のカードを平然といなした時点で、異形のものとわかっている。その攻撃に対する防禦は目下手の内になかった。

すう、とイライザが消えた。

ショートは軽く頭を前傾させ、同時に思い切りのけぞらせた。

嫌な音がして、イライザの悲鳴が上がった。

Dの言っていた次元移動――イライザが背後に廻ったと判断し、顔面を一撃したのだ。正解だったらしい。

腋の下に廻っていた腕を撥ねとばし、彼は、

「D！」

と叫んだ。こんな女を相手に出来るのは、美しいハンターしかいなかった。

イライザが小走りに近寄って来た。鼻血を出している。それがショートに奇妙な安心感を与えた。まだ――どれくらいかはわからないが――少しは人間なのだ。

だが、二度目はなかった。自在に空間を移動できる相手は、今度こそショートを別の世界へ拉致し去るだろう。

ふたたびイライザの姿が消えた。両肩に圧搾を感じた刹那、ショートの身体は宙高く持ち上げられていた。

「D！」

もう一度叫んだとき、ホールの扉を勢いよく開けて、モーテンセン医師がとびこんで来た。

「ドクター」

モーテンセンは天井を見上げて息を吞んだ。両足をばたつかせている賭博師を天井近くまで持ち上げているのは、天井から上半身を突き出したイライザだったのだ。

「助けてくれ、ドクター!?」

「待っていろ」

モーテンセンは上衣のポケットから白い球体を取り出し、足下に叩きつけた。

上がったのは白煙であった。それは驚くべきことに、螺旋状の煙と化して、ショートとイライザの下へと立ち昇ったのである。

二人は咳きこみ、イライザが、

「おのれ」

と叫んだ。ショートの声は、

「うわあ」

であった。イライザの身体は天井に吸いこまれ、彼のみが落ちて来たのである。

腰が床にぶつかり、続いて頭が勢いよく跳ね上がって、また床に落ちた。

少し遅れて、ボーイとドハティが入って来たとき、ショートはソファの上で医師の治療を受けている最中だった。

「腰椎と後頭部への打撃、及びそれによる脳震盪を起こしている。幸い骨は無事だし、脳震盪もじきに治まるだろう。寝室へ連れて行け」

「承知いたしました」

ボーイは一礼し、ホールを出て行った。ストレッチャーでも持って来るつもりだろう。

「何事だ？」

とドハティが興奮のせいか、真っ赤に染まった顔を震わせた。この実業家の人生ではははじめての経験なのに違いない。それでも葉巻を咥えたままなのは大したものだ。

モーテンセンが事情を説明すると、そのとおりだとショートが認め、痛みに顔を歪めながら、

「ドクター、あの煙は何だ？」

と訊いた。

「ここへ来たとき医療鞄に入っていた、次元孔を塞ぐ煙剤だ」

「医者がそんなものを持っとるのか⁉」

ドハティが呆れた。ショートも、いててと洩らしながら、

「おれも初耳だ。何のための薬だよ？　まさか本当に穴塞ぎ用じゃねえだろうな？」

「わからん」

医師は首をふった。やり切れなさそうな表情が、詰問者の口を封じた。

「何だかはわかる。だが、何故、どうやって、いつこしらえたのかは記憶の外だ」

「なのに使いこなしたぜ。次元孔とやらを見もしないのによ」

「用途以外はわからん。何故、これだけを持って来たのかも、な」

「とにかく助かった。礼を言うぜ」

「少なくともこのホールへは当分孔は開けられまい」

医師はもう二個の煙剤を取り出し、ショートとドハティに手渡した。

「孔を見たら、何処でもいいから叩きつけろ」

二人がうなずいたところへ、ロボット・ストレッチャーとボーイが入って来た。

付属するフレキシブル・アームで軽々とショートをベッドに移し、

「では」

と頭を下げるボーイへ、

「おい、Dは何処にいる？」

とドハティが難しい表情で尋ねた。

「存じませんが、恐らくは――第四艙に」

やり残した仕事を果たしにいったのかと、納得した全員を残し、ボーイとストレッチャーは、静かにホールを出て行った。

部屋へ戻るや、モーテンセン医師は往診鞄ごと、両肘もテーブルへ置いて、顔を埋めた。

無から何かが生まれつつあった。

「用意は出来たかね、モーテンセン？」

肩越しの声であった。

あれは――ミジャウ院長だ。

「辛いだろうが、君の他に奴らの侵入を妨げられる者はいないのだ。村中が期待している。頼む」

あのとき、どんなことをしても拒否すべきだった、とモーテンセンは考えた。

だが、おまえだけだと言われ、人々のためだと哀願されて、これは自分の個人研究だ、と拒否できるはずがない。モーテンセンは、誰よりも倫理観の強い医者であった。

空間に穿孔を施してこちら側へ侵入して来る異人たちは、何としても彼の村だけで食い止めねばならなかった。他のいかなる手立てを尽しても、空間に開いた孔から彼らは出現し、人や獣を連れ去っていった。

――しかし、自分の研究は……

「君が随分と前から、異人どもの存在に気づき、撃退する方法を完成したことは、知っておる」

また、ミジャウだった。

「それを実現するための手段は、すべて我が医院で提供しようではないか。君はそれを作り出してくれればよい。村のためだ、よろしく頼む」

莫迦どもが、とモーテンセンは頭を抱えた。外の海がひどく懐かしく感じられた。ああ、あの黒い水の中へ身を委ねられたら。

だが、知られた以上、顔を背けることが出来ないのもわかっていた。

あの煙――異界からの通路を塞ぎ得る唯一の手段をみなが待っている。だが――

おまえたちは知っているのか？

どうやってあれが形を取ったのか？

亡くなったばかりの人体から――

それでも上手くいかなかった。

後は――

ああ。何というものを作ってしまったんだ。それも――ミジャウに気づかれるなんて。

奴はすべての責任を私に押しつけ――

肩が叩かれた。

優しい声が、

――みんなお忘れ下さい。私は怨んでなんかおりません

血が凍った。

やめろ、と叫んだ。

怨め、怨んでくれ。それが人間の行為だ。そうしてくれないと、私は――

ああ、マデリーン……

四艙目に達したと、超感覚が伝えて来た。やり残した仕事がある。彼にとってはそれよりも、その結果が導く〝船長〟との面談の方が重要であった。

「油断するな」

珍しく左手が注意を促したのも、それを感じたせいかも知れない。だが、Dはじめついた薄闇の中をいつものように無言で、冷静に歩を進めていった。

足が止まったのは、二股に分かれた通路の前であった。

左手が上がった。

小さな口が開くや、ごおごおと音をたてて空気が吸いこまれた。

すぐに止まった。

「左じゃ」

と左手が言った。空気から何を読み取ったものか。

曲がった先は、蜿蜒(えんえん)と続く廊下であった。左右のドアはすべて閉じられていた。ところどころに点された人工灯が、かえって不気味な雰囲気を高めている。

「突き当りまで三〇〇メートル」

と左手が言った。

その半ばまで来た時、背後に気配が生じた。

「行くな」

それがチェシュの声だとは、ふり返る前にわかった。

若い銛打ちは前方を指さし――消えた。

指さされたものは、はっきりと見えた。

銛を投擲したチェシュと飛んで来る銛が。躱せぬ速度ではなかった。左手で払った。銛はその手を外してDの左胸に突き刺さった。

「〝妖術打ち〟か」

左手がつぶやいた。

狙った獲物を必殺する〝妖術打ち〟は、いかなる防禦もかいくぐって目的を果たす。チェシュは誰に教わったのか。

チェシュが近づいて来た。右手にはもう一本の銛を構えている。心臓を外れたことを知っているのだ。

「おのれ」

左手が呻いた。

小さな口がふたたび、ごおごおと空気を吸いこみはじめた。

チェシュの歩みは変わらない。あと一〇〇メートル。

「えーい、水は何処じゃ？」

左手の声に応じるものはない――いや。

チェシュがのけぞった。顔面に黒い鉈が食いこんでいる。

苦鳴を引きつつチェシュは走り去った。頭と顔を割られながらも、鉈は放さない。恐るべきタフネスぶりといえた。

「憑かれてるな、あれは」

Dの後ろでこう洩らしたのは、黒ずくめの男であった。喉もとの蝶タイばかりが紅い。左手にもう一本の鉈をぶら下げている。ベルトにももう一本差しこんであった。

「飲み屋の鏡男か」

左手がからかうように言った。船内の無人バーで、鏡中にいながら、指輪を奪った敵の手首を打ち落とした男だ。

「何をしに来た？」

左手の声は幾分用心深い。Dを斃しに来たのではないかと懸念しているからだ。

「指輪探し」

と男は言った。ややダミ声だが、精悍な顔立ちと合っている。

「多分、いまの奴とその主人の手にはないぞ」

「わかっている。ここは馴染みの姿を追って来ただけだ」

「ふむ」

左手の返事の何気なさは偽装であった。Dも自分もその男の存在には気づいていなかったのだ。左手は銛を抜き取って床へ放った。

「それでこれからどうする？」

「おれは指輪泥棒を追う。その色男もじきに眼を醒ますだろう。何をするつもりか知らんが、幸運を祈る」

「そっちもな」

男はDのやって来た方へ歩き去った。

「行ったな」

Dが上体を起こした。大分前から覚醒していたようだ。様子を見ていたのだ。

「おかしな男じゃ。この船の奴らは、みな何処か歪んでおる」

Dは立ち上がり、無言で歩き出した。心臓直撃ならずとはいえ、こちらも凄まじい不死身ぶりであった。

「しかし、あの銛打ちはともかく、妖術銛は厄介じゃぞ。いまのうちに打つ手を考えておかんと、次はもろ心臓じゃ」

チェシュが姿を消した通路の果ては左へ折れていた。

一歩踏みこんだ刹那、想像を絶する光景が視界を埋めた。

そこは広大な城の地下と思われた。

果ても見えぬ石床からせり出したアーチが、これも遙かな天井を支え、そこから洩れる幽明のごとき光が、かろうじて後方に横たわる柩を網膜に留めていた。

「あれが積荷か」

左手が呻いた。

「この広場も柩も幻じゃ。だが、ここで起きることは、すべて現実になるぞ。幻の世界の死は現実の死となるのじゃ」

返事もなく、Dは足を踏み入れた。

気配はない。湿った空気が、鈍い光を含んでいる。

Dの足が止まった。

全身に女の含み笑いが絡みついたのである。それは柩から洩れていた。

「よく来たな、Dという名の男よ」

陰々たる、しかし美しい夜の声であった。

第四章　我が名はデッケン

1

「わらわの名はゼビア。よくぞここまで来た。おお、その胸のペンダント――あらゆる電子とＡＩの攻撃と防禦(ぼうぎょ)は無効と化す」

「ほお、知っておるのか？」

と左手。

「たまさか眼にしただけじゃ。あの御方の館であの御方とともにな」

「この男はどうじゃ？」

「かつて会うた」

と美しい声は言った。

この瞬間、三つの感情が朧(おぼろ)げな光の中で交錯したのである。枢(ひつぎ)の主と左手とＤと――彼らは何を考え、何を決めたのか。

「そのときから美麗なる御子であった。まさか狩人になられるとは」

嘆息混じりの述懐に、氷と鉄の声が応じた。

「おれも覚えている。ゼビア公爵夫人――あいつのとりわけのお気に入りだった」

「……」

「おまえがあいつに気に入られた理由は、その美貌ではない。頭の切れであった。ゼビアよ、この船で何を企んでいる？」

「何も――と申し上げても信じてはいただけますまいね。あの御方の望んだ事柄でございます」

「結果はどう出たか？」

「あなたさまのようには参りません。ですが――」

Dの周囲に気配が湧いた。

四つの影が囲んでいる。絢爛たるマントと衣裳に負けぬ顔立ちと体躯を備えていた。

「近いものは生み出せました。一対一、一対二では到底及びませんが、一対三にて互角、一対四ならば――それだけの力は備えてございます」

「余計なものをこさえおって」

左手のひと言に応えるかのように、四人のマントの下からかがやきが現われた。前方の男が長剣、右が長弓、左が短槍、背後は何も示さず、マントは沈黙していた。

「おまえをここへ招いたのは、奴か?」

声と同時にDは疾走に移った。

長剣の男が大きく身を沈める。右手が柄に――

二条の光が交差し、片方が腰のあたりを押さえて、よろめいた。

「おれの名はボスコ――居合をもって武器とするが……Dよ、おまえはおれより……速い」

押さえた位置から朱線が腰を取り囲んだ。それが鮮血となって流れ出したとき、ボスコの上体は前のめりに床へ落ちた。立ちすくんだままの下半身は力強く立ち続けている。

「あのボスコを」

柩の声は夢うつつのようであった。

「やはり――みなでかかるがよい」

その声が終わらぬうちに、Dは柩の真上にいた。跳躍の凄まじさは、残る三人が指一本動かせなかったことでわかる。一対三。

いつの間にか逆手に替えた長剣を眼前――柩の中心やや上左――心臓部へ。

鈍い音をたてて切尖が折れた。

無傷で反転し得る余裕はなかった。

柩から跳んだ黒影は数条の血の糸を引いていた。胸と腹を二本の矢が貫いている。

音もなく寄った槍遣いがＤの喉へと凶器を突いた。左手が上がった。

何の苦もなく貫通するはずの穂先はぴくりとも動かなくなった。小さな口がそれを文字どおり食い止めていたと知り、愕然（がくぜん）となった槍遣いの顔を一閃（いっせん）の白刃が横に立ち割った。

「おれの名は……ギメト……まさか……おれの槍で刺せぬ男が……いるとはな」

しゃべったのは、残った鼻の下の口だ。これで一対二。

弓手（ゆんで）は地を蹴った。

凄まじい速さで天井から壁へと移動しつつ矢を放つ。それをことごとく打ち落とされつつ、

「ルゴイ！」

と叫んだ。

もうひとりの男の名か。いままでマントをまとったまま身じろぎひとつしなかったそいつが、すうとＤへ向かって走った。

人間なら身動きも不可能な状態のはずのＤが、二本の白木の針を投げた。

躱（かわ）しもせず走り寄る男の両脇を針は通過して消えた。

男は足を止め、Ｄへと顎（あご）をしゃくった。

新たに飛来した矢は二本。待つのは弾（はじ）き返される運命のはずであった。

だが、Ｄは胸と喉にそれを受けた。

前のめりに倒れ、片手で支える身体に、薄笑いを浮かべた弓手が弦を引きしぼる。

不意にその顔が苦痛に歪んだ。弓手は大きくよろめいた。もうひとりも後を追う。

「幻界構成機構が⁉」

弓手が叫ぶと同時に、世界は消滅した。

Dは船底にいた。柩も弓手たちも虚無と化している。

「機械が故障したらしいの」

左手が喉からぼんのくぼまで貫いた矢を摑んで引き抜いた。Dの口から血が飛んだ。

「どうじゃ？」

「何とかな」

「ほう、前にも増して渋い声じゃ。こりゃ女が放っておかん――ギャッ」

Dはすぐ手を開き、左手はぶつぶつ言いながら、胸の矢を二本まとめて握った。射手の腕のよさがプラスに働いたのだ。

「幻界を作るメカは多いが、現実的な死までもたらすものはゼロに近い。それだけに故障も多いのじゃ――ほれ！」

矢はまとめて抜き抜かれた。

Dの身体は痙攣したが、呼吸は乱れない。

「面白いのは、あの着たきり雀じゃな」

「〝的外し〟だ」

とDは言ってから咳きこんだ。床に血が飛んだ。喉と肺が射られている。

「あれがそうか。五千年ほど前の貴族の軍にいたと記録にあるが、現在も生きておるとは思わなんだ。しかし、敵としては厄介じゃぞ。幻界へ足を踏み入れれば、こちらのあらゆる攻撃は外され、向うのだけが命中する」

「そのために相当の負荷が身体にかかる」

「だから、マントから手を出さんのだろうよ。ああ、見たくもない」

最後の矢が鳩尾から抜かれた。それを放って、

「補給をしておこう」

左手は何事もなかったように、手の平を血まみれの喉に押しつけた。

少ししてから離れ、Dのコートの内側へ入ると、拳大の布袋を取り出して、中身を床にばら撒いた。黒土であった。

船旅用に持って来た土である。

左手の平に小さな口が開き、みるみる土を咀嚼しはじめた。その間三秒。一片も残さず食い尽すと、

「ゲップ」

もう一度、思い切り小さな口を開けた。

ごおごおたる風の唸りは、重苦しい静けさの中で生命の声のように、その口へ吸いこまれた。

「風」となって。そして、口の奥に青い炎が燃える。

「〝地〟〝水〟〝火〟〝風〟――オール・オッケーじゃ」

万物を構成する四大元素――地水火風。Dの体内における神秘な復活の儀式が、いま行われようとしているのであった。


時間にして一分と経(た)つまい。すでに作業を終えた左手は床にへばり、Dはまだ船壁にもたれかかったままだ。

足音がやって来た。

Dの前で止まった。

茶の上衣と紺のズボン。革のベストには黄金(きん)のボタンが三個ずつ二列――右列のひとつは失われていた。

Dを見下ろす顔は、海の男にふさわしく岩のようにゴツく精悍(せいかん)で、鼻の下から顎まで生い茂った黒い髭(ひげ)は、これほど似合う男もいまいと思われた。

厚い唇が開き、

「海の上にいても、時折、海鳥が陸の噂(うわさ)を届けてくれる。Dと呼ばれる男か?」

その眼前で、黒い姿が立ち上がった。

「Dだ」

と世にも美しい顔が告げた。

「デッケン船長か？」

「左様。声だけは知っておろう」

「まだ約束は果たしていない。何故、現われた？」

「ちょっとしたサービスだな」

岩のような顔が、笑いの形に歪んだ。

「いままでわしと古えの船員たちしか入ったことのない操舵室へ来てみるか？」

「よかろう」

船長が身を翻すと廊下を歩き出した。

二つの意志はここでひとつに溶け合ったのか——血の色を帯びて。


二人は操舵室へ上がる階段の前へ来た。

ボーイが立っている。鉄の半顔が船内灯の鈍い光を映していた。

「ここで待て」

とデッケンが命じた。ボーイは深々とうなずいた。

古風な蝶番をきしませて、二人はドアをくぐった。

狭い部屋であった。

ガラスの嵌(は)まった一枚窓が前方に開き、黒い海を映している。

人間の眼には墨のごとき闇しか映らないが、Dにはうねる波頭が昼のごとくはっきりと見えた。

窓の手前に古風な木の舵輪が備えられ、右方の壁には天井から銀の伝声管が三本、発条(ばね)で固定されていた。

「何度来ても厄介な海だ」

と船長がごちた。

「針路を変えても、招かれたように来てしまう」

「それで一万年——問題はあるまい」

とD。

「これまではな」

「………」

「正直、客が乗ったのもはじめてではない。だが、おまえのような客ははじめてだ」

「おれには用のない船だ」

とDは返した。

「だが、招いた者がいる。貴方ではあるまい」

船長をDは、あなたと呼んだ。すべて、おまえで済ませた男が、一万年を長らえた船人への敬意でもあったろうか。

「恐らく、この船とわしをいまのように変えたものだろう。一万余年の間、何度かその存在を感じたことがある」

「貴方を変えた目的は何だ？」

Dが切りこんだ。

「積荷の製造だ」

「積荷を作る？」

「正確に言うと、柩の中身の強化となるか」

「より強い貴族を作る――か」

Dの眼は船長ではなく、その向うの黒い波頭を映していた。

「この船はそのための実験室だった。決して邪魔の入らぬ、永劫に沈むことのない」

「そうなのだろうな」

とデッケンは認めた。陰々たる、しかし、力強さだけは拭えぬ海の男の声であった。続けた。

「――だが、いま〈辺境〉一のハンターが現われた。終わりが来たのかも知れぬ」

「柩の中の者は血を求めなかったのか？」

「人間の血は積荷の一部だった。いつ積みこまれたかは、柩同様に不明だが。しかし――」

船長はここで言葉を切った。

Dは無言であった。

「——あの女が血を飲んだ形跡は一切ない」

「積荷の血は？」

「封印はそのままだ」

嗄れ声が応じた。

「すると——成功したか」

かすかな驚きが船長の顔に広がり——すぐ消えた。

「しばらくの間はな」

とDが言った。それから低く、

「一万余年か」

瞳の中の波頭が次々に砕けていく。

遙かな過去に、この船はある実験のために選ばれた。そして成功したのだ。誕生したのは、恐らく血を求めぬ貴族だった。

だが、一万余年を経て、それは変わりつつあった。一万年の成功——永劫の生命に比べたとき、それは確たる栄光の時間なのか、やはり儚い夢なのか。

「〝奴〟はおまえを抹殺のために送りこんだのじゃ」

左手の言葉には苦く重い響きがこもっていた。それには応じず、

「他の連中は？」

と訊いた。

「娘の血を吸った男がいる。次元を通り抜けて拉致を繰り返す奴らがいる。そして、この船を内から破壊せんとする存在がいる――何者だ？」

「わしにもわからん」

船長は首を横にふった。鬢のあたりが白いだけで見事な黒髪がゆれた。

「どちらも出現したのはごく最近だ。航行に害を及ぼすこともないので放ってある」

「はっきりと血を吸う以上、あなたが知らぬ間に貴族もどきが誕生をしていたとしか考えようがない」

「ふむ」

船長は舵輪を握りしめた。

「恐らく、実験の過程で生じた存在だ。それが何処かに隠れて、新しい船客を待っていた」

「そんなところだろう」

「もうひとつ――あの客たちを招いた理由は？」

「………」

「単なる獲物ではあるまい。招いたのはあなたか？」

重い沈黙が二人を呑みこんだ。

2

それを短く終わらせたのは、デッケンであった。

「彼らの乗船に関しては、記録が残っておる。名前と乗船地点だけだが」

「すると、あいつらが航海で担う役割は、やはりあいつらを選んだ者しか知らんわけじゃ」

左手が納得したように言ったが、声は違うと言っている。デッケンが低く、

「後は彼ら自身の意志だけだろう。この船をどうこうするのが目的なら、とうに手を打っているはずだ」

「待っているのかも知れんぞ」

と左手が嫌味ったらしく言った。

「彼らを見てもそう言えるか？」

「うーむ」

「彼ら自身にもわかっておらんのだ。だが、若い銛打ちが積荷の中身に籠絡され、女が別の連中にさらわれた。外からにせよ、動きは出て来た。彼らが意味に気づくのも間近だろう」

「女をさらった者たちは？」

「何千年前に、この海で波と海中の生物とを相手に奮闘中、正体不明の船舶とすれ違ったこと

がある。海は特に荒れ、沈没寸前の状態であった。移乗の要請があったが、わしは無視した。向うは何とかボートを下ろして漕ぎつけて来たが、それからのことは知らん。怪生物を撃退した後で気づいたとき、船とボートの姿はなかった」

「そのとき、乗り移ってきたか？」

　と左手。

「断定は出来ぬが、恐らくな。何度かこの操舵室へ侵入しようと試みた者たちがいたが、あれがそうかも知れん」

「排除はせんかったのかの？」

「呉越同舟という言葉を知っているか？」

「敵国の者同士でも、同じ舟に乗れば争わず、流れに身を任せる、か。大した肝っ玉じゃのお」

「それに、いかなる相手もこの操舵室には入って来られん。わしが招かぬ限りは」

「いままではそれでよかったろう。しかし、いまこの外ではトラブルが続出しておるぞ」

「来るべき時が来たのかも知れんな」

　デッケンは落ち着いた声で言った。前方に据えた瞳には、荒れ狂う波濤が映っている。だが、船は悠然と凪時の前進姿勢を維持していた。揺れが感じられないのだ。

　不意にDが、

「待つものはいないのか？」

「いる――いや、いたか。もう顔も忘れてしまったが」

「会いたくはないのか？」

これは左手である。

「どうにもなるまい。運命を知ってから、そうすることに決めた」

「断てるかも知れんぞ、運命の絆(きずな)を」

Dの言葉に船長は、うすく笑った。

「昔はそう考えた。何度となく」

「何処(どこ)にも寄らんのか？」

左手が訊いた。

「いや、〈狂海〉に島がある」

「こんなところに、島が？」

「そこへ寄って、船の点検整備を行う。最後に寄港したのは二千年も前になるか。一日限りだが下船も可だ」

「今は危険だぞ」

Dが言った。デッケンはうなずいた。

「わかっておる。これが最後の寄港かも知れん。港があれば、の話だが」

「客たちは喜ぶじゃろうて」

前部窓のガラスに、何かが激突して離れた。

「何じゃ？」

「ニゲウオだ」

デッケンが応じた途端、もう一匹——それから続けざまにぶつかって来た。

「これは珍しい。危険が迫ると、他のどれより早く逃げ出す魚だが、こうもまとまって来るとは——クラーケンか」

沈黙が落ちた。

それは超古代——人間たちの時代から、海を語るとき必ず現われる伝説の妖物の名前だった。海を忌避する貴族たちは、既存の生物——大烏賊（おおいか）だと嘲笑したが、伝説を消すことは出来ず、海に生きる者たちの恐怖と慄（おのの）きはすべてこの名前から生じているのだった。

「遭遇したことは？」

「過去に——二度」

「ほう、撃退したかの？」

「お互い何もせず別れた。奴の起こした波のせいで、航路から五海里（約九千メートル）も流されてしまったわ」

「大変な奴じゃの。今度も平穏にさよならが出来るか？」

巨浪が迫って来た。内側に水以外のものが隠れているような塊であった。

ぐらり、と揺れた。

「でかいのが来たようだな」

「水の中に何かいる。多分、クラーケンの一部だ」

「どうするつもりじゃ？」

デッケンは答えず、窓外を見つめていたが、何を視認したか、奇妙な反応をしてみせた。苦笑を浮かべたのである。

一番近い伝声管に向かって、

「ベビー・ジェーンを出せ」

低く命じた。

一瞬、船長の方を向いたDが、すぐに窓外——船首の方を見た。

青白い光が点って(とも)いた。人間の子供ほどの大きさである。

赤毛の少女であった。全身から発する光のせいで、髪も白いドレスも黄金の靴も、はっきりと見えた。

肩が震えている。

「ベビー・ジェーン——〝泣き娘〟、か」

とDが言った。

「よくご存じだ」

デッケンの口調に感動が交じった。

「かつてサザンプトンと呼ばれたすでに滅びた港町で聞いた。海魔に襲われる船舶が増大したため、『海洋魔海狂海研究所』が百年の研究の末、創り出した守り神だそうだ」

「はじめての実力発揮というわけか、それとも返り討ちに遇うか」

左手の口調は興味津々であった。

娘がこちらを向いた。

絵本に出て来そうな顔は、悲しみの似合う可憐さと涙でいっぱいだった。

波がのしかかって来た。それが去ると少女は元の位置に立って肩を震わせていた。

波濤と少女の闘いはなおも続き、やがて、

「出たか、クラーケン」

と左手が呻いた。

どう見ても数十キロ先の暗黒の海原で、途方もなく巨大なものが手を広げていた。指の数は十本あった。指先は虚空の高みに消えていた。握りしめれば、この船もその中に入るだろう。

おびただしい数の魚や生きものが少女にぶつかり、よろめかせた。

虚空から、あの指が落ちて来た。

デッケンは身じろぎもせず舵を取りつづけていた。

天からの圧力が消えた。

波はなおも荒れ狂い、のしかかり、舳先の少女へ最後の闘いを挑んだ。

「凪いできたぞ!?」

左手が叫んだ。感嘆の叫びであった。

クラーケンは消えていた。

すぐにDが、

「港の光か?」

と訊いた。

デッケンはうなずいた。

遙か前方に、灯りが幾つも点っている。船人なら死んでも見間違うことがない港の灯りであった。


「あと一時間で港に到着します」

と半顔鉄仮面のボーイが告げたとき、三人はどよめいた。

「この海に港なんかあるのか?」

ショートは眼を丸くし、

「何という港だ?」

とモーテンセン医師は首を傾げ、

「イカサマではあるまいな」

とドハティは唇を歪めた。

揃(そろ)って、

「下船できるのか？」

それから、この言葉が自分たちだけではないと気づいて、戸口へ顔を向けた。

チェシュとイライザがそこにいた。寸分変わらぬ姿が一同の目を射た。

もと通り五人の乗客に、ボーイは、

「勿論(もちろん)でございます」

とうなずいてみせた。

船乗りですら、地面を踏みしめる第一歩の感動は口にし難いといわれる。乗船を強制された者なら、その歓びはさらに勝るだろう。

石の桟橋に着くと、まず五人の乗客が下船した。通路はもう渡されていた。しんがりがDであった。左方に何艘かの船が浮かんでいた。

雨と風は休息を取らないようであったが、五人は歓喜の表情を見交わした。桟橋にも岸壁にも人の姿はない。常夜灯のかがやきと、奥にそびえる建物の窓から洩(も)れる灯りだけが、ここは地上だと伝えていた。

「人がいるのかよ？」

ショートが四方を見廻し、

「おっ――演奏してるぜ」

と言った。灯りの何処かから、人々の耳に伝わって来たのは、確かに楽団の演奏であった。

「行ってみようぜ」

ショートの誘いに、こちらも四方を見廻していたモーテンセン医師が、船長とボーイは下りないのか、と念を押すように言った。

「一万年乗りっ放しだ。下りたことがねえんだろうよ」

医師は背後のチェシュに、

「そういうものか」

「おれと船長さんじゃ船乗りの格も年齢も違うんだ。陸になんて未練もねえのさ」

「とにかく、屋根のあるところへ行きましょう。雨と塩水で濡れネズミになってしまうわ」

こう言ってイライザが小走りに灯りと音楽の方へ進みはじめた。彼女とチェシュの不気味な出現ぶりを知っている賭博師と医師と実業家はすぐには追わなかったが、鉦打ちは即座に走り出し、彼らがDの方を向いたとき、黒衣の影はすでに、二人の後を追っていた。

港町――それも小規模なものだけあって、通りの向うには何軒もの酒場が軒を連ねていた。大きな町なら遊び場はもう一本通りをはさんだ奥になる。

イライザが選んだのは、音楽が流れて来る店であった。

さして広くも狭くもない店内は、椅子とテーブル、ルーレット台、カウンターの向うにバーテンと、港町の定番が揃っていた。客はあちこちのテーブルに船乗りが一〇人以上、そこに女たちがついて嬌声を上げている。

奥に小さな舞台と錆だらけの自動ピアノが設置されており、Dたちが耳にした音源はそれであった。

六人を見ると、カウンターで一杯飲っていた女がスツールを下りて、こちらへやって来た。二、三歩で足を止め、硬直する。頰は紅く染まっていた。Dを見てしまったのだ。

「これじゃ、話にならねえな」

ショートが苦笑いをし、

「勝手に飲もうぜ」

と立ちすくむ女を無視してカウンターに行き、ウイスキーを注文した。チェシュもイライザも後に続き、医師とドハティも加わった。客たちもバーテンも訝しげに見つめる中、ドハティが肘当ての何処かに触れるや、モーター音とともに、椅子の座面は上昇し、カウンターと同じ高さになった。

「便利な椅子だな」

とショートが肩をすくめてから、出されたグラスをひと息に空け、

「こか何て島だい？」

とバーテンに訊いた。

「知らねえな。いつも訊かれるけどよ」

「この店は、いつから？」

「それもわからねえ。気がついたらバーテンだった。女たちもそうだぜ。いつ何処から来たのか——試しに訊いてみな。おい、アイジー」

男たちのテーブルでたわむれていた女のひとりが、こっちを向いた。若いとはいえないが、中々の美貌だ。バーテンは他の連中の注文を作りはじめた。モーテンセン医師はハイボール、チェシュはウイスキー、イライザはラム酒であった。Dにも訊きかけて、すぐやめた。

「何さ？」

アイジーと呼ばれた女が厚化粧の下で、きつい表情をこしらえた。

「おまえさん何処から来て、いつからこの店にいる？」

ショートが訊いた。女は鼻先で笑って、

「知るもんか。この島の連中はみなそうさ」

「島で生まれたんじゃねえのか？」

「はてね。誰か知ってるかい？」

返事はすぐにあった。答えではなかった。

である。

「うるせえぞ、この野郎」

テーブルを囲んでいた客たちが凄んだのだ。みな、陽灼けした筋骨たくましい海の男たちである。

「何処の誰だろうと、島があって店がありゃ、文句なんかつけるかい。おれたちは五〇年も前から寄ってるが、みな同じだぜ。店も女も、そのバーテンもな。こいつら以外にも、エンジンの修理屋も部品屋も食堂もホテルも、何ひとつ変わりゃしねえ。後で町の奥へ行って、どの家でもいい開けてみな。みいんな五〇年前と同じさ。いいや、多分、そのずっと前からな」

「おかしなこと言わないで」

別の女が男の顔に手をかけて、そちらを向かせると唇を重ねた。

「ひとつ訊く」

問いが世界を変えた。全員が石と化した。Ｄである。

「この島の住人で、いま停泊中の『デッケン号』に、過去乗りこんだ者はいるか？」

客と女たちの顔が死者のものと化した。質問のせいではない。デッケンの名を聞いた瞬間にだ。

「あんた――誰だい？　あの船に乗ってるのか？　いつ、着いた？」

とバーテン。そういえば何隻かの船が繋がれていたが、Ｄたちをその一隻の関係者だと思っていたらしい。

3

椅子を押しのけて、客たちが立ち上がった。

Dは彼らを見ていなかった。店の奥の壁に打ちこまれた品を見つめていた。一丁の鉈であった。

「随分と昔に、この町にいた治安官が愛用してたんだ」

バーテンが呻くように言った。訊かれもしないのに自発的にしゃべり出したのは、Dの魔力か。

「立派な男だったが、ある日――」

「よさねえか！」

客のひとりが腰につけた手鉤を握りしめた。他にも手斧、大型ナイフ、火薬銃とバラエティに富んでいる。

「『デッケン号』から下りた奴に、島の話をするんじゃねえ。あれは呪われた船だ。おい、出てけ」

手鉤が戸口を差した。

「治安官はどうした？」

Ｄは続けた。

「ある嵐の日に『デッケン号』がやって来た。治安官は船長に話を聞くと出かけて――それっきりだ」

「よしやがれ！」

船員が手鉤を投げた。バーテンに届く数十センチ手前で、それは世にも美しい響きをたてて方向を変え、鉈と同じ位置に突き刺さった。Ｄの抜き打ちであった。

「野郎」

男が走り寄って、引き抜こうとした。ぴくりともしない。二人の仲間が加わったところをみると、男は彼らの兄貴分らしいが、結果は同じだった。

自分を見たままのＤの手練に、バーテンはペラペラしゃべり出した。何処にでもいる港町のバーテンの姿だった。Ｄの刃身はすでに鞘の中である。

「他に『デッケン号』に乗って消えた者はいるか？」

この町から消えた者は、正確な数は不明だが、五、六名いること。みな、この町の住人で、寄港した船乗り等の他所者はいないこと。その数名は、町でも有名な不良少年グループで、いつもここを出たいと公言していたこと。

「わかって来たの」

左手の声は、バーテンを驚愕させた。

　カウンターの五人も注目している。

「恐らく、何気なしにあの船に乗りこんだ者は、異形の立場を手に入れてしまうのじゃ。船の魔力のせいか」

「なら船の味方になるのが常道だ」

　とDは言った。

「だが、彼らはすべて敵対行動を取る」

「それは何故か」

　Dはまたバーテンに、

「この島内に、貴族の遺跡があるか？」

　と訊いた。カウンターに並んだ表情が動いた。

　バーテンは答えなかったが、恐怖ゆえの怯えを冷汗のしたたりに乗せた顔を見て、

「案内しろ」

　とDは言った。

　突然、バーテンが白眼を剝いた。垂直に倒れかかる身体を支え、額に左手を当てたが、

「緊張のあまりの急性心臓麻痺じゃ」

　左手の声に、Dはバーテンを床に横たえた。

「人捜しをせにゃならんな」

左手が面倒臭そうに洩らした。客と女たちはそっぽを向いた。

カウンターから、床へ下りた者がある。素早い足取りでピアノに近づいたのは、イライザであった。ピアノの横にバイオリンが置いてある。

「何をするつもりだ？」

とドハティが唇を歪めた。

間を置かず、哀しみに満ちた調べが店内を流れはじめた。

死の先に生がある。

また戻っておいで。

みんなそれを待っているよ。

イライザが弓を下ろした時、動く者はなかった。死者を悼む調べは人々の顔をひどく安らかなものに変えていた。

「あたしが案内するよ」

声をかけたのは、アイジーだった。

「やはりあったかの」

左手がつぶやき、しかし、アイジーは首をふった。

「貴族のものかどうかはわからないけどさ、島の中央にでかい石の建物があるよ。明日、案内してやるよ」

「いまからだ」

とD。

「え⁉　外は土砂降りだよ」

「明日まで待てない敵がいるかも知れん」

アイジーはDを凝視した。異様な力のこもった眼差しであった。

「あんた――この島に何をするつもりだい？」

「わからんな」

と左手が答えた。

「まあいいさ。どうせ得体の知れない島だ」

アイジーは戸口へ近づいた。

その頭を黒い影が覆った。あら？　という表情で女はかたわらのDを見つめた。

「ありがと」

彼女が被っているのは、Dの旅人帽（トラベラーズ・ハット）であった。


Dは近くの貸馬屋から二頭のサイボーグ馬を選び出し、雨粒を撥（は）ね返しながら島の中央へと向かった。

石畳の道は、すぐに左右の建物を失い、荒涼たる土地が広がった。時折り稲妻が、石山と点在するわずかな木立ちを映し出す。島民でも肌寒さを禁じ得ない死の国の光景だ。

石の道はかなり幅広く、二人は並んで走行した。

「遺跡はいつのものじゃ？」

左手が訊いた。アイジーは鞭を片手に
「バーテンが言ってただろ。あたしたちは、気がつくとここにいたって。島の誰も知りゃしないよ、そんなこと」

稲妻が光った。アイジーが鞍から滑り落ちかけ、Dの腕に支えられた。その時からあらゆる感情が失われた。雷光はDの顔をアイジーの網膜に灼きつけてしまったのだ。

魂さえ奪われかねぬ恍惚に負けぬよう、アイジーは話を続けた。

「気がつくと、あたしは酒場で働いていた。他の女たちもそうだよ。住いもあった。暮らしてた記憶もある。だけど、どれもこれもはっきりしないんだ。何のためにここにいるのか。この先何が待ってるのか？　どんな死に方をするんだか。ねえ、あんたにわかるかい？」

返事はない。

「何のために生きてるかわからない――こんな生き方ってあるかい？　あたしだって考えた。そして、ある日、結論が出たんだよ、D――あたしも店の娘もあのバーテンも、町の連中もみんな、何かにこうなる運命を与えられて、この島に放り出されたんだってね。ねえ、こんなことがあっていいのかい？　何処のどいつか知らないが、そんなことをしていいのかい？　望んでもいない生命と人生を勝手に決められて、それに操られるなんて。あんたを見たとき、あたしはこう思ったんだ。こんなにも美しい男なら何とかしてくれるって。こんな綺麗な男が人間のはずはない。なら、あたしたちを送りこんだ奴にも一矢を報いてくれるだろうってね」

そのとき、Dは何か言ったのかも知れない。

しかし、凄まじい閃光（せんこう）とその轟（とどろ）きが天地を塞（ふさ）ぎ、それが消滅したとき、二頭のサイボーグ馬と騎手は、何の会話もなく、夜の道を疾走しているのだった。

店内は、むしろ陽気な雰囲気に包まれていた。和やかといってもいい。Dとアイジーが出て行ったことで緊張が取れ、すっぽ抜けたような空気が生まれていた。バーテンの死体は隣室に隠し、治安官にも連絡はしなかった。

カウンターの五人はテーブルに変わり、女や客たちも加わって、酒盛りとなった。

「いやあ、さっきのバイオリンは感動的だったなあ、お姐（ねえ）さん」

と客のひとりがイライザに笑いかけたとき、当人がはっとドアの方を見た。

「どうしたい？」

チェシュはイライザの肩に手を置いた。

「船へ戻るわ。愉（たの）しい時間だったけど」

「何事じゃ？」

女の子の腿を撫でていたドハティが眼を剝いた。

イライザは空中に向かって叫んだ。

「来ないで。彼らを連れて行くのは、私の役でしょ」

「船へ戻れ！」

モーテンセン医師が、ドアの方を指さした。

「確かに愉しい時間だったが」

その手は煙剤を握りしめている。

「次元の孔を使う者ども。現われたらこれを使うぞ。効果の程はわかっているな」

それから、ドアの前に立つイライザへ、

「これでお別れだな、早く行け」

と言った。

「黙って行かせてくれるの？」

船へ戻ればイライザは変貌を遂げた異人なのであった。

「君が私を見逃すのかも知れん。行きたまえ」

飛び出したイライザが作り出した戸口から、医師は雨の外へ走った。

他の三人も桟橋の方へ向かっている。

イライザはチェシュのことが気になった。あの若者も別種の異人なのだ。

二頭のサイボーグ馬は、荒野の一角に佇立する巨大な石の建造物の前で足を止めた。

立方体、直方体、円柱、その他、幾何学的形状や、それ以外の形容し難い巨石、これらが何ともいえず不格好に、しかし、巧みに重なり合い、支え合って、ひとつの大建造物を形成しているのだ。

「貴族のもの？」

とアイジーが訊いた相手は、すでに下馬して、高さ一〇メートルを超す石柱のひとつに左手を当てている。

「間違いないの」

左手の声が流れて来た。

「どうするつもり？」

アイジーの声は雨音にちぎられてしまう。

「破壊する」

これはＤである。

「一体、これは何なのよ？」

「おまえたちを生んだものだ」

「え？」

かすかに驚きの声を上げたものの、すでにおよその見当はついていたらしく、アイジーはそれだけで沈黙に落ちた。

「この島とおまえたちは、『デッケン号』を不沈の妖船に変えた力の主によって、生み出されたものだ。妖船といえど補給の必要があるとみえる」

静かに、冷たく言い放つＤへ、何とか気力をふり絞ったか、

「それじゃあ、この遺跡を破壊したら、あたしも島も――消えて――しまうの？」

「多分」

「待ってよ。この島はあの船にとって必要なものだと言ったわよね。消してしまっていいの？」

「それがおれの仕事だ」

「あんた――ひょっとして――ハンター？」

「そうだ」

アイジーの中で、何かが熱く凝縮した。決意だった。

「いま、あたしにも連絡が入ったわ」

「ほう、誰からじゃ？」

左手が応じた。

「あたしたちをこしらえた奴からよ。あなたに生きていられちゃあまずいそうよ。まだまだこの島とあの船には活躍して欲しいとさ」

アイジーはかけていたネックレスを外し、じいっと見つめて、

「こんなものが役に立つのかねえ」

つぶやいてふりかぶり、思い切り放り投げた。

それが遺跡の中央部に吸いこまれるや、青白い光がひとすじ、暗黒の天と地上とをつないだ。

「銀河通信用のTビームよ。途中で歪曲空間に入り、数千光年彼方の星まで一秒とかからないわ」

アイジーの言葉が終わらぬうちに、虚空から別の光が逆落としに走った。それが貫いたのはDの頭頂だった。

「五千年前に、遺跡の製造者が、ここをいつか訪れる特別な強敵のためにセットしたものよ。どうやらあんただったようね」

Dの身体は光に包まれていた。その影が薄く溶けていく。完全に消滅したときに、勝負はつくのだろう。

アイジーの眼に涙が光った。

その瞳が光を映した。Dを呑みこみつつある光とは別のかがやきを。それはD自身の放つものであったろうか。

光は光を突き破り、なおも頭頂を貫いたままのビームを逆流させた。三千光年先の一惑星に設けられた殺人光発射装置と付属施設が消滅したのは、その瞬間であった。

Dを包む光はすでに消えている。彼は先に触れていた石柱を押した。軽くもたれかかったとしか見えない動きであった。

遺跡が傾いた。石と石とを支え合っていた兆を超す微妙なバランスが崩れたのである。

誰かが小さく叩(たた)いた手のせいで崩れる積み木のように、数万トンの構造物は地上に倒壊した。

その地響きが失われてから、Dはサイボーグ馬に戻った。

美しく冷たい横顔を、アイジーは陶然と眺めた。

「あなたのやることなら、仕方がないわね。こんなにも美しい」

Dは馬首を巡らせた。アイジーは動かなかった。

少ししてDの方を向いたとき、騎影は闇と雨の中に溶けていた。アイジーは世界が揺らぎはじめたのを感じた。天が大地が、ひっそりと生み出された混沌(こんとん)の渦の一部と化していく。

――すべては混沌から生まれ、混沌へと還っていく
誰かがささやいたようである。

アイジーには、誰よと問いかけることも出来なかった。

Dが港へ辿(たど)り着いたとき、町中は恐怖の叫びと怒号が煮えくり返っていた。

みな知っているのだ。

見よ、ホテルが酒場が雑貨商が釣り宿が歪み、停泊中の船が崩れ、桟橋も溶けていく。人々

もまた形を失い、手を取り合って混沌に呑みこまれていくではないか。

夢ではない。

彼らも夢などではない。

ただ消えていく。

ねじれる桟橋から、Dはサイボーグ馬ごと「デッケン号」に跳躍してのけた。

町の人々の声が遠くなっていく。

ふと、バイオリンの響きを聞いたような気がした。イライザの演奏(プレイ)を。

だが、彼は二度とふり向かずに、通路のドアへと向かい、船は再び荒れはじめた海に浮かんでいた。

船内へ入ると、

「戻ったか?」

とデッケンの声が聞こえた。

「何とかな」

「夢ではなかったようだな」

答えもせず、Dは静かに廊下を進んでいった。船内には、変わらぬ修羅の世界が待っているのだった。

第五章　狂海艦隊

1

海は暗く、荒れていたが、船内には丸いちにち何事も生じていなかった。

通常世界の午前五時前後。三人の船客たちは眠りにつき、Dはホールにいた。チェシュとイライザの姿はない。乗船はショートが目撃していたが、それきり見ない。所属する世界へ戻ったのだ。

不意に凄(すさ)まじい衝撃が船体を揺さぶった。極めて近くで爆発が生じたのだ。

Dは部屋をとび出し、操舵(そうだ)室へと向かった。

背後で叫(さけ)びが入り乱れたが、一切無視した。

操舵室のドアは無抵抗で開いた。

すでに揺れの収まった室内で、デッケン船長は舵輪を握りしめて、黒い海を見つめていた。

「海賊かの？」

と左手が訊いた。

いかつい顔が横にふられた。苦悩の翳はない。

「では――狂海艦隊か」

とD。

「ご存じか？」

「この海から脱け出した船もいる。その船員から聞いた。数隻の黒い帆船が突如、砲撃を加えて来た、と。彼の船は破壊され、海へ投げ出されたお蔭で、気がつくと〈東部辺境区〉の海岸に漂着していたという」

「三千年ほど前に一度のみ遭遇した。それ以外のことは知らぬ」

「どうやって逃げた？」

「逃げはせん」

デッケンが答えたとき、前方の波間で続けざまに火が点った。

前方と左舷に立つ水柱をDの眼が確認したのは二秒後であった。

「向うまではざっと千メートル」

と左手が言った。

「着弾地点が近づいておる。次は危いぞ」

「逃げられるか？」

とＤ。

「この条件では無理だ」

それでも船長の声は落ち着いている。

「では――無理でなくしてみよう」

はじめて、デッケンはＤの方を見た。

「どうするつもりだね？」

「忘れものを使う」

そして、閉じられたドアを船長は重く見つめ、すぐ窓の方に移した。

数分後、Ｄは昇降口から現われた。

叩（たた）きつける波と風の中を、船首へと向かう。

そこで何かを摑（つか）んだとき、デッケンはあっと叫んだ。

「クラーケンの――忘れものか」

Ｄの右手が握りしめたものは、白いドレスの人形であった。クラーケン除（よ）けに、船首に飾られ、その役目を果たしたものの、忘れ去られていたそれをＤは大きくふりかぶった。

「何を企（たくら）んでいる、Ｄよ」

鈍い衝撃が操舵室を大きく震わせた。砲弾が船尾を直撃したのである。

デッケンは窓外のDを見ていた。白い形が海に投じられた。白光がそれを縦に割った。Dの抜き打ちである。

「無茶なことを」

かすかな驚きを含んだつぶやきが終わる前に、海が変わった。

黒い水を割って、さらに黒い巨大な形が出現したのである。形を取って海そのものに見えた。またも。

クラーケンであった。だが、今度は脚ではない。全身だ。

巨大な山が全身を現わすにつれて、デッケン号は後退し、したたる水の生む波に揺れ動いた。

五〇メートルを超す山のあちこちに光るものが見えた。燐光を放つ眼だ。

巨体は、これから何をすべきかを考慮しているかのように、ただそびえ立っていた。

いきなり揺れた。巨体の向う側から轟き（とどろ）が伝わって来た。砲撃を受けたのだ。

「やるな、D」

とデッケンはつぶやいた。

船首にDの姿はもう見えない。

巨体が遠ざかった。

生きものの本能はひとつ——危害を加えた相手を倒すことだ。

黒い艦隊に向かって突進する——否、停まった。

次々に火花が噴き上がった。狙いは正確であった。全弾が巨体のあちこちで炎を炸裂させた。

だが、半分以上は空しく海中へ落下する。軟体のために、弾頭の信管が反応しないのだ。

二撃目を送る時間は許されなかった。

船体の周囲から持ち上がった触手が、二重三重に巻きつくや、一気に締め砕いたのである。

ひしゃげ、めくれ上がる装甲の下で砲弾が爆発し、次々に誘爆する。

五隻が放られ、数キロ先の空中で四散した。

残りも一隻を残して水中へ引きずりこまれている。

「終わりか、クラーケン?」

デッケンが呼びかけた。

何かが宙を飛んで来た。最初は四角い塊だったそれは、巨体の頭上で小さな爆発音とともに広がり、数キロ四方に亘る広大な網と化して、クラーケンの巨体を押し包んだ。恐らくは、そのために開発された兵器だろう。

接触すると同時に、それは青白い光を放った。捕獲したものの抵抗を失わせるエネルギー波のようであった。

巨体は痙攣(けいれん)した。その何処かで、

「うぬ、やるのお」

嗄(しゃが)れた呻(うめ)き声が聞こえた。

いつどうやって辿り着いたのか、Dはクラーケンの肩に当たる部分にいた。そこへ網とエネルギー波が降って来たのである。

クラーケン用の武器とはどのようなものか、Dの呼吸は低く短い。

「どうする？」

左手の声も不安げだ。返事は意外なものであった。

「すぐに剝がれる」

「え？」

左手の平に小さな眼が生じ、それが見開かれた瞬間、網は持ち上がった。光が飛んだ。

触手が網を絡めて持ち上げたのである。痙攣を繰り返しながらも毟り取っていく。

その破れ目から、黒衣の影が跳躍した。着地点は触手の上であった。網を破った分ではなく、艦隊に挑んだ腕である。

不動ではない。うねくり蠢く生体の上をDは走り、歩き、ジャンプして、その先端に辿り着いた。

揺れ動く三〇〇メートルを走破するのに、二〇秒とかからない。見る者がいたら驚愕に眼を剝いたであろう。

触手がうねくった。目的地――残った船まではまだ一〇〇メートルある。

Dが一刀を抜くや、逆手に握って垂直に突き下ろした。どう見ても無雑作な動きであった。

触手はまたうねり、のけぞって、自らを前方へふった。

Dも飛んだ。逆落としの一刀は、海魔の神経に何を命じたのか、優雅な弧の先端で風を切りつつ、彼は目的地――残る一艦の甲板に着地したのである。

この暗黒、この揺れの中でどう見分けたものか。

「さすがは」

と呻いたのは、デッケンであった。そして、彼はふり向いた。いまのひと言は重なっていたのである。

彼しか入れぬはずの室内――その扉の前に、しなやかな人影が立っていた。美しい女であった。

「おまえは――」

「ゼビア」

「どうやって入った？」

「訊くまでもあるまい」

「第四艙の者か？」

「仰せのごとく」

「ついに船艙を出るときが来たか。何者の思し召しか？」

「ご存知のはず」

「何にも終わりはある。やはり最後の航海だったか」

「……」

「だが、わしにその気はない」

デッケンはきっぱりと言った。ゼビアの表情が、かすかに動いた。

「いまのいままで――おまえを見るまでは、波の彼方に朽ちようと覚悟していた。だが、おまえは――永遠に生きるものか？」

「……」

「それが返事だ」

デッケンは納得の合図に小さくうなずいてみせた。

「ここへ来た理由を訊こう」

「ない」

今度はデッケンが沈黙する番であった。

「最早、運命は動きはじめた。誰にも止められぬ。わらわがここへ来たのは、単なる気まぐれよ」

デッケンは静かにドレス姿の女を見つめた。ドレスは紫であった。彼はかすかに頭をふって言った。

「一万年――船と海のことなら何ひとつ忘れはせぬが、他はみな霧の彼方よ。女――ゼビアと言ったな。その前の名前を覚えてはおらぬか？」

「おかしなことを」

ゼビアは虚しく笑った。それはひどくはかなく空気に呑みこまれた。

「我が名はゼビア。生まれついたときから備わった名前じゃ」

デッケンはひどく遠い眼つきになった。

それから、一万年とつぶやいた。

「昔、東洋とかいう国の僧に、輪廻という言葉を教わった。人は死して生まれ変わり、時果つるまで、それを繰り返すという。わしは、同じ者に生まれ変わるのかと尋ねた。人間は人間に？　動物は動物に？　それはわからんと僧は答えた。人間も獣に変わるかも知れん。獣も人間になるかも知れんと。ならば――」

「――ならば」

こう言ったゼビアの声が、デッケンの耳に届いたはずはない。だから、次の言葉を放ったものか。

「人間が貴族に生まれ変わってもおかしくはなかろう」

ゼビアはのけぞるようにして笑った。

「住いから出てはじめて笑えたわ。すると、わらわの前身は人間だとでも言いたいのか？」

「航海はまだ続く。誰にも邪魔はさせん」

彼は壁にかけてある銛を手に取った。

「無駄じゃ」

と、ゼビアが言ったのは、彼が構え終えてからだ。

銛は重々しく飛んだ。

見事に左胸部を刺されても、しなやかな身体は微動だにしなかった。

「残念であったな」

太い柄を摑んで、ゼビアは無雑作に引き抜き、デッケンの足下へ放った。

「ここへ来たのは気まぐれじゃ。よって、おまえをどうこうするつもりもない。だが、運命は鉄じゃ。誰に与えられたものでもない」

「待て」

とデッケンが制止したとき、すでに輪郭を失っていた女の姿はなく、白い霧がドアの隙間から流れ出ていくところであった。

「ゼビア」

デッケンの眼はさらに遠くを見つめていた。

「フェリシアという女を知らんか？」

揺れは客たちも襲っていた。

「こんな揺れははじめてだぞ」

「いままでとは違うぞ」

「そのとおりで」

戸口でボーイが同意した。いつからいたのかは、わからない。

「何が起こっているのだ⁉」

ドハテイが喚いた。

「海戦です」

「何イ？」

眼を剝く実業家へ、

「クラーケンも一枚嚙んでおります」

「そりゃ一大事だな」

ショートがにやりと笑った。この辺は度胸が据わっている。

「当然、Dが向かっているんだろうな？」

「左様でございます」

「敵は軍艦と大海魔か。いくら〈辺境〉一のハンターでも、相手が悪いぜ、なあ先生？」

指名されたモーテンセン医師は、宙の一点を見つめて、

「彼を信じるしかあるまい」

と言った。

その瞬間、これまでとは異なる大きな揺れが四人を宙に浮かせた。雷鳴が轟いた。四人はもとの位置に戻った。

うーむとドハティが呻いた。

「大丈夫ですか？」

近づくボーイに、

「あっちへ行け、鉄仮面」

と喚いて、また、

「うーむ。いまの音と衝撃の具合は――あれはわしの会社が開発した対艦ミサイル『シー・ダスト』のものだ。間違いない」

「じゃあ、敵はあんたの会社の船か。このろくでなし」

殴りかかろうとするショートを、間一髪でモーテンセン医師が押さえ、

「商売だ。やむを得ん」

とドハティは断言した。

そこへ、もう一発、どんと来た。

「何とかしろ、このでぶ。てめえのこしらえた兵器でてめえが海の藻屑（もくず）になっちゃ、笑い話だぞ」

「よし！」

いきなりドハティがうなずいたので、残る二人の客は眼を丸くした。

「おまえらごとき貧乏人の屑に、とやかく言われる筋合いはないが、わしの生命もかかっておる。いますぐ助けてやろう。首を洗って待っていろ」

訳のわからない罵倒を放って、彼はぎりぎりとホールを出て行った。

部屋に戻ると、左手の指に触れてすぐ、

「そうだ、指輪がない！」

と絶叫を放った。

2

黒い艦上に着地してのけるや、Dは甲板を走って昇降口へと向かった。

これも貴族の懐古趣味の故か、古風な人間の帆船を真似た船体は、難なくDを船内へ導いた。

警報も鳴らない。電子システムは無効だ。Dの胸もとでペンダントが青い光を放っていた。

明らかに有機人造体と思(おぼ)しい船員たちが、三日月刀や火薬銃を手に通路をやって来た。

その真ん中にDが突進し、閃光(せんこう)を放った。滑らかな斬り口を示してとび散る手と首を無視して前進する。

「気をつけい」

左手が鋭く言った。

「ガスじゃ。呼吸（いき）を止めい！」

敵は無音無臭の古風な武器を使用したのだった。

Ｄが膝を折った。一刀を床に刺して、かろうじて身を支える。

前方から灰色の物体が飛んで来た。直径数ミリに満たぬそれを、Ｄは片手の一刀で二個に断ち割ったが、もうひとつを左胸に受けた。

「潜りこんで来よった――間に合わん。おまえに任せるぞ」

左手の声より早く、Ｄの左胸と左の前腕から吸盤の付着した触手がうねくり出た。

それは体内で成長する寄生体の例に洩（も）れず、Ｄの血を餌としていた。みるみる肌が血の気を失い、土のように乾いていく。鳩尾（みぞおち）を突き破ったものは、触手というより根のように見えた。

声もなくＤの口腔（こうこう）から同じものが出現した。すでにそれは、Ｄの体内を占拠しつつあるのか、鋭い根は、Ｄの喉からも胸部からも噴出したのであった。

「やれるか？」

左手が訊いた。何と――愉（たの）しげに。

Ｄは無言で口に左手を入れた。触手根が震えた。

短い吐息とともに、Ｄは口腔から奇怪なものを引きずり出したのである。摑んだ烏賊（いか）状の頭部の下から一〇本の触手が妖しく蠢いている。Ｄはその頭部を壁に叩きつけた。異様な色彩の液体を撒き散らして、そいつは息絶えた。

「行けるかの？」

答えずＤは左手を上げた。

続けざまに同じ物体が飛んで来たのである。手の平の表面に小さな口が開くと、凄まじい勢いで空気を吸いこんだ。抵抗も出来ずに物体が後を追うや、口の奥で青白い炎が燃えた。

「始末したぞい」

やがて、Ｄは操舵室の前で足を止めた。

鉄扉が行手を阻んだ。

Ｄは刀身の先を蝶番の上の隙間に差しこんで、一気に切り下ろした。鉄の蝶番は布のように切れた。

押しただけで倒れたドアの向うには、船長らしい白髪の老人が舵を握っていた。

砲撃をやめろとも言わず、Ｄは真っすぐに歩み寄った。

老人がこちらを向いた。

干からびたひびだらけの顔の中で、眼だけがＤを映した。

「さすがはＤ、よくここまで来た。一万年ぶりの客だ」

声も砕けそうに響いた。

「おれを知っているか?」

「よく存じておる。この艦を止められるのは、おまえだと風の噂に聞いた」

「風の噂?」

「海鳥、海獣、死者も話し好きでな」

「そろそろ噂も聞き終いだ」

「そのようだな」

船長は四方を見廻した。部屋には彼だけではなかった。床の上に二人、補助椅子にひとり
——どれも干からびたミイラ状態であった。

「乗船する連中はみな、船に乗ってすぐある手術を受けた。そして、大過なく航海を続けて来たのだ。ついさっきまでは」

この艦にも終焉のときが来たようであった。

「手術とは?」

「永遠の生命じゃ。その代償として、我々はこの海を訪れた者たちの破壊を命じられた」

「誰にだ?」

「それは……」

生けるミイラは告白するつもりだったのかも知れない。

見えない手が艦を摑むや、高々と持ち上げた。だが、真っ逆さまに落下する状態でも、二人

は床の上にいた。古風な艦にも電子装置の働きによらぬ安定装置（スタビライザー）が設けられているのだった。

「クラーケンじゃ」

左手が叫んだ。

「気をつけろ——放られるぞ。一〇〇キロは固い」


「あの指輪は何処だ⁉」

船室でドハティが喚いた。

天井に向かって、

「さっさと返さんか。あれさえあれば、この危機から脱出できるのだ！」

壁にも、

「三〇秒でよい。わしに戻せ。でないと、どいつもこいつも海の藻屑だぞ！」

彼は車椅子の肘を打撃した。椅子は揺れ、ついに歪（ゆが）んでしまった。

天井から小さなかがやきが、激昂（げっこう）する膝の上に落ちた。

「来たか⁉」

ドハティはわななく手で指輪を手に取り、左手の薬指に嵌（は）めた。

表面に刻みこまれた刻絵は、モータル＝インモータル社が開発して来たあらゆる兵器の使用法であった。彼の指だけが、それを読み取り、使うことが出来た。

一瞬、艦は空中に停止した。巻きついた触手が弾きとばされたのである。

海面まで一〇〇メートル落下した艦内で、位置を変えたのは、ミイラ化した屍体のみであった。艦長はもとの姿勢のまま舵輪を握っていたし、Dもまた氷の像のごとく立っていた。

「障壁に包まれたらしいの」

左手が、何やら考えながら言った。

「あくまでも外用の障壁じゃ。内側の戦いには何の影響も及ぼさん。だが、一体誰が、こんなものをいま利用し得たのか？」

そして続けた。

「ひとりおる」

「ドハティか」

「ご名答。艦長よ――この艦の装備は、何処で積みこんだ？」

艦長は少し黙り、それから、

「この海域へ、ある日巨大な飛行艇が着水した。艦隊を丸ごと積めるほどの大きさであった。艇長らしき男が現われ、無償で武器を提供すると言った。それを使って、この海域に入りこんだ船舶をことごとく破壊せよと」

「デッケンの船もか？」

「例外はなしと言った」

「すると、デッケンに敵対する者の手先か。あの船ごと乗員も積荷も沈めてしまえと。彼奴に敵対する勢力の仕業だぞ」

「多すぎるな」

とDが言った。

「まこと」

「私の艦隊は壊滅した」

と艦長が言った。

「千人近い乗員も消えた。いや、ほとんどはおまえたちと遭遇する前に滅びつつあった。また、滅びてもいた。クラーケンの手を借りずとも、時が来たのであろう」

「障壁に包まれた以上、外からの攻撃は届かぬ。内からも同じじゃ。これからどうするつもりじゃ？」

「私は最初の約束を守るだけだ」

艦長は、声を張り上げた。

「目標、前方の船舶――距離一五〇〇、砲撃準備」

「よさんか。障壁はまだ外れておらん。自爆するぞ」

「それもよかろうて。攻撃――」

開始と言う前に、Dの一刀は艦長の首を断っていた。

灰色の塊が床に落ち、みるみる灰と化しながら、

「――開始」

と命じた。

約一キロの彼方で噴き上がった波間の炎が、デッケンの眼にははっきりと映った。

「Dよ」

と彼はつぶやいた。

ホールに集まっていた一同の下へボーイが現われて、敵船の沈没を告げると、みな緊張を解いて、安堵を表明した。

「乾杯しようや」

とショートが提案し、医師も同意した。

「あのおっさんも呼んで来いや」

ショートに言われて、ボーイが出て行くと、ショートが勝手にバー・カウンターに潜りこんで、ウイスキーとグラスを用意した。

「ひとり来る前に乾杯」

と二つのグラスが上がったとき、ボーイとドハティがやって来た。その表情を見て、二人はグラスを下ろした。

死相が出ている。

「構わず飲れ」

とドハティは苦々しげに言った。

「指輪は戻った。キリシュの奴が返して来たのだ」

この返事にショートが眼を剝いた。

「占いに出て来た名前だな？　おれの勘だが、おめえを裏切った男だろう」

「女だ」

とドハティはさらに苦々しく言って、自ら車椅子を操り、テーブルに近づくと、三人目のグラスにウイスキーを注ぎ、一気に飲み干した。

「女だ。わしの実の娘よ」

「何故、奴らの仲間に？」

モーテンセン医師が身を乗り出した。

「わしの仕事を毛嫌いしておった。お父さまは世界で一番好きな男性だけど、いまの仕事をしている限り、死神にしか見えんとな。わしをトップから放逐したのもあいつだ」

ショートが肩をすくめた。

「あんたも苦労してるな。その指輪はどうした？」

「奴らが取り返しに来た」

「で、どうした？　指輪はあるぜ」

「殺したよ」

　ドハティは上衣の内側から小さな火薬銃を取り出した。

「考えてみると、二度目だ。思い出したのだよ。この船に乗る前に、わしは裏切者として娘を射ち殺していたのだ」

「よせ！」

　モーテンセン医師が止めたが、遅かった。

　小さな銃声とともに、こめかみから硝煙と血を噴出させつつ実業家は倒れた。

　モーテンセン医師が駆け寄り、脈と瞳孔を調べてから、首を横にふった。

「何でえ。いきなり昇天か。おれの占いどおりになりやがった」

　ショートはこう吐き捨ててから、胸前で片手をせわしなく動かし、経文のようなものを唱えた。信仰する宗教の教えにしたがったものか。

「処分したまえ」

　モーテンセンがボーイに告げた。彼はドハティの死体を車椅子ごと搬出していった。

「おい、聞いてるか？」

とショートが四方を見廻してから叫んだ。

「ひとりくたばったぜ。何が起きたか知らねえが、幸福(しあわせ)そうな顔だった。おめえらも、そろそろ自分の始末をつけられるよう準備を整えたらどうだい？　お互いこの船に乗ってる限り、長かねえようだぜ」

返事はない。気にもせず、

「さてと。ドクター、次はあんたの運命を占ってやるぜ」

「好きにしたまえ。私は他の仕事がある」

「この船で——仕事？　何だい、教えてくれよ。それで、おれが乗りこんだ理由もわかるかも知れねえ」

「個人的な問題だ。断る」

「そう言うなって」

背を向けて歩き出した医師の肩を、ショートが掴んだ。

「うお⁉」

と叫んでとびのいた。

モーテンセンが不思議そうな顔でふり返った。

「どうしたね？」

「女だ。すげえ別嬪(べっぴん)よ。そいつが、立ち塞(ふさ)がったんだ。何？　マデリーン？　あんたの色女(スケ)

か？」

　モーテンセンは黙って出て行った。

　立ち止まった。

　部屋の前に、チェシュが立っていた。銛付きだ。

「何の用かね？」

「案内しに来た」

「ほう、何処へだ？」

　恐怖は感じなかった。はじめて会ったときのままだ。

「おれのご主人のところさ」

「やっと、船底へ下りられるか」

　チェシュに続いて、モーテンセンは廊下を歩き出した。

　木の階段のきしみを聞き、仄暗(ほのぐら)い油火のランプを見た。

　すっと眼の前が暗くなり——戻った。

　眼前に石の柩(ひつぎ)が置かれていた。

　医師が次の行動に出る前に、柩が先を越した。蓋が滑りはじめたのだ。

　怯(おび)えは感じなかった。中身は想像がついても気分は穏やかだった。やっとか、という気もした。

「おまえはこの船に招かれた」

明らかに若い女の声であった。石の柩にはふさわしからぬ艶声（つやごえ）といえた。

「その訳を訊きたい。答えよ」

「わからない」

返事はすぐに出た。胸の中で何百回となく繰り返した問いの答え。

「いいや、もうわかるであろう。時は来たれり」

「わからん。それより、おまえは何者だ？」

「生み出されし者だ」

「この船でか？」

「いいや」

女の否定は苦かった。

「その遥（はる）か以前に。ここへ来たのは——それを完成させるためじゃ」

「すると、ここは——実験室か。そして船は——」

「研究船——と言えば、船長は怒るかも知れぬな」

3

「――どういう意味だ、研究船とは？　何を研究している？」

モーテンセンは怯えを含んだ自分の声を聞いた。それは自分の運命に関するものではなく、船の正体に関する怯えであった。

女の返事はない。答えは自分で探すしかなかった。

「私は人々を救うために私のやり方で戦った。異次元から行われた次元穿孔は、こちらから修復することは絶対に出来ない。物理的な手段以外の手を見つけるしかなかったのだ」

柩から出て来た女は、じっと彼を見つめていた。贖罪の言葉を聞く神のように。だが、神は聞いているのだろうか。また、聞いてどうしようというのか。

「別の手はすでに摑んでいた。次元穿孔を塞ぐ手立ては人間の体内にあった。奴らの侵攻が始まった初期に、実用化は可能だった。だが――着手は出来なかった」

ああ、マデリーン、と彼は呻いた。

「すべてを知っていた院長は、その実行を強制した」

「嘘をつくな」

ゼビアとモーテンセンの間に、白衣白髪の老人が立っていた。肉食獣の眼差しが医師を貫き、たじろがせた。

「わしは、人生を通して、他人への強制などした覚えはない。職員や研究者が画期的な発明をしたとき、その利用法をサジェッションしたが、それだけだ」

「私には強制だった」

　モーテンセンは眼を閉じて呻いた。

「異次元穿孔を防ぐ手立ては、〝第二心臓〟しかなかった。奴らの穿孔作業は、人間の理想的な心臓の鼓動に合わせている。それを覆すには、もうひとつの鼓動を聴かせるしかなかったのだ。だが、〝第二心臓〟は、あくまでも理論上の存在にすぎなかった。それなのに――」

「おまえの妻がそれを備えていた」

　と老人――ミジャウ院長は言った。

「そうだ。ああマデリーン。どうしておまえが……」

　モーテンセンは激しく頭をふった。意味もない動きだった。

「おまえの愛しい妻の中に〝第二心臓〟があった。いや、物体として存在していたわけではない。計算と可能性の数値が一致した結果だ。そんなものはないと言えば誰もが納得しただろう。だが、おまえは、あると断言した。医学者の鑑だぞ、モーテンセン」

「あなたが――ミジャウ、あなたが」

「わしのせい？　わしは何もせん。それが現実だったら村と世界が救われると言っただけだ。違うかね？」

　モーテンセンの顔は死人そのものであった。

「私は――マデリーンに打ち明けられなかった。だが、敵の侵入は日夜激しさを増していき、村人の大半は拉致(らち)されて消えた。救いを求める声を、私は無視できなかった」

医師は髪の毛を掻(か)き毟(むし)り、何度も空を打ちすえた。そこにもうひとりの自分がいるかのように。

「そして、ある夜、何も知らずに眠り続けるマデリーンを解剖し、〝第二心臓〟を取り出したのだ」

「ありもせんものをな」

「その後はわからん。何をして、どうやってあの煙剤の材料を抽出したのかも覚えていない。しかし、それはあった。後は――」

ミジャウは笑顔でうなずいた。

「わしと村の加工屋が引き受けた。村は一日で平和を取り戻した。みな、君のお蔭だ」

「憐(あわ)れな話じゃな」

と告げたのは、ゼビアであった。

「この船には、その穿孔生物が出現する。いつ入りこんだものか。おまえはそのために招かれたのじゃ」

「あいつらの開けた孔(あな)を塞ぐためにか？　やめてくれ。あなたにはわかるのか？　あいつらは何者だ？」

「遠い過去に、この次元へやって来た生物じゃ。だが、彼らは偉大なる存在の力をもって退散させられた。大半はな」

「すると――残りがいたのか⁉」

モーテンセンは立ちすくんだ。

ゼビアはうなずいた。ことごとくを知る女王のごとく。

「おまえも見たとおりじゃ。ただし、存在理由はおまえのときと異なるが」

「それは何だ？」

「この船の目的を妨げるためじゃ」

モーテンセンは、その意味を何とか理解しようとしたが、うまくいかなかった。

「本来、彼奴(きやつ)らはこの船を研究船となした御方の下僕であった。だが、この船にいる間に、別の勢力に取りこまれてしまったのじゃ」

「別の勢力？」

モーテンセンは違うものを意識しはじめていた。これまで当然と見なして疑いもしなかった前提が、根底から揺らぎはじめている。

――私は奴らの侵入を防いだ。それが仕事だと思っていたからだ。だが、別の勢力とは。

「この船を研究の場所としたものは、途中で本来の目的を放棄したのじゃ。そうなれば――」

女の表情に一点、哀(かな)しみに似た影が打ちこまれたのを、医師は見た。

だが、その意味を知る前に、ゼビアの眼は赤光を放った。

「生まれた以上、まだ滅びたくはない。来い。敵対者はすべてわらわの下僕としてくれる」

モーテンセンは固く眼を閉じたが、赤い妖光は網膜に灼（や）きついていた。

ゼビアが両手を広げた。

その中に、意志を失った傀儡（かいらい）のごとくモーテンセンが入ろうとした寸前、天井からひとすじの光が、ゼビアの首すじへと流れた。

細いナイフであった。それを左手で受け止めるや、ゼビアは飛来した地点へ投げ返した。一秒とかからぬ攻防は、天井からの女の呻き声で決着がついた。

どっと床上へ落ちたのは、イライザであった。その胸に深々と彼女自身のナイフが埋もれている。

よろめきながらもすぐ立ち上がったのは、急所を外れていたのだろう。ゼビアは冷やかな視線を向けた。

「敵に取りこまれた者よ。すぐに、その首を引き抜いてくれる――だが、その前に、どうやってここへ来た？　次元防禦（ぼうぎょ）も施されているはずじゃ」

「わからないわ。効果を失ったらしいわね」

イライザの口から血泡がこぼれた。肺をやられたらしい。

「あなたも船ももうおしまいよ。白鳥の歌（スワン・ソング）でも歌ってみる？　私が伴奏をつけてあげる」

「それもよかろう」

ゼビアの眼は虚空を仰いでいた。

「その時が来たのかも知れぬ。だが、わらわはここで未来を得た。まだ海の藻屑とはならぬ。そうじゃな、守り神に初の生贄を捧げるとするか」

ふわりと石棺から全身が脱け出て、イライザの前に立った。

「よせ」

モーテンセンが割って入ろうとしたが、ゼビアの右手のひとふりで、三メートルも吹っとんで、床に叩きつけられた。

イライザの両眼は赤く染まっていた。ゼビアの赤光は、そこから彼女の意志を操作しているのであった。

数個の影が舞い降り、イライザを庇うように立った。異様に手足の長い、頭部の丸い影たちであった。

「来たか」

ゼビアは笑った。

「七体――それで刺客のすべてか。最初からわらわを見くびっていたな」

少し間を置いて笑いを収め、

「この船に乗りこんだのは、おまえたちの意志ではあるまい。何者の仕業じゃ？」

その頭上から黒い手がのびて、ゼビアの肩を摑んだ。

「⁉」

重さのないように持ち上がった身体は、天井に吸いこまれた。同時に、床の影たちも舞い上がって、その後を追った。イライザのみが倒れた。

いままで立ち尽していただけのチェシュが駆け寄って、イライザを抱き起こした。

その顔を見つめて、イライザがつぶやくように言った。

「あなたの主人はさらわれたわ……放っておいて……いいの？」

「何もするなとの指示だった」

「なら、私のことも……放っておいて」

若者は答えず、

「おまえはもう保(も)たない」

冷たく宣言した。それから、

「だが」

と言った。決意を込めた口調であった。その意味をどう取ったか、

「やめて」

とイライザは吐き出した。苦悶(くもん)の中に無限の恐怖が込められていた。

ゼビアは闇の中にいた。影たちの住む空間だとわかっていた。

影たちが襲いかかって来る前に、肩を摑んだ手首を摑んでへし折り、

「下がれ」

と命じた。

「従っても死ぬがの」

闇に気配があった。それが近づいて来るたびに、ゼビアは右手の短剣を閃かせた。

ことごとく空を切った。

気配はゼビアの周囲を雲のように流れ、前方に集合した。

それはある形を取った。

ゼビアの眼前で光が爆発した。

絶叫とともに彼女は両眼を押さえた。

光は影が組み合わさった十文字を描いていた。いや、横の影がやや上にずれた十字架を。

「おのれ」

ゼビアの唇から呪詛と牙が剝かれ、数歩後退した。

「小賢しい真似を。誰から授かった知恵じゃ？　だが、敗れぬぞ、負けぬぞ。わらわは新しい貴族なのじゃ」

形も果てもわからぬ空間に、灼熱の闘気が満ちた。

十字架のかがやきが翳った。見る間に闇が周囲を取り囲んだ。

「見たか、わらわの力を」

闇に同化する十字架の何処かから、ひとすじの淡い光がゼビアの心臓を貫いた。

「ぐ、ぐぐ……」

ゼビアがよろめくと同時に、十字架のかがやきが闇を遠ざけた。

光の中でゼビアは塵と化した。

「わらわはまた戻って来る。忘れるな」

「やったぞ」

天井から降りしきる灰色の塵は、すべて柩の内部に吸いこまれ、石蓋は荒々しく閉じた。

モーテンセンがつぶやいたが、内容にふさわしい歓喜はない。

「いえ、しくじったわ」

イライザが、嫌な太鼓判を押した。

「灰にはしたけど、柩に戻った。ここは研究船なのよ。目的は、あの女を作り出すこと。今頃は厚い看護を受けているわ」

「では――どうする？」

「この船ごと始末する他ないわわね」

「おい」

モーテンセンは全身の痛みも忘れた。

「いまそんなことをするくらいなら、何故、もっと早くしなかった?」

「〝彼ら〟にも力が足りなかったのよ。それで私が必要だった――この世界での〝生〟の力(パワー)を持つ人間がね」

「それであの女を斃(たお)したというわけか? しかし、どうやって船を?」

「狂海の魔が、死の軍艦とクラーケンばかりだと思ったの」

「違うというのか」

「私も知らなかった。上の連中が教えてくれたのよ」

「それは?」

「操舵室へ行かなくては」

イライザはふり返り――足をもつれさせてよろめいた。

その身体を抱き止めたのは、モーテンセンではなかった。

そちらを見上げて、

「チェシュ」

とイライザは呻いた。

「いままで何処に?」

「下がっていろというご指示を受けた」

「ねえ――あなたは――どんな役割を担っているの?」

鋲打ちの若者はイライザを軽々と背負って、

「あの柩は外からの力では絶対に開かない。おれたちが知らない貴族の世界の産物だ。もう放っておけ」

「それは困ったな」

とモーテンセンが言った。こちらも立ってはいるが、柩に片手をついて、息も荒い。

「それでは——私がここへ招かれた意味がない。一体どうして……」

沈黙に落ちた三人は気づかなかったが、このとき、柩の蓋が音もなく滑ったのである。骨に皮を張っただけの腕がのびるや、モーテンセンの肩を摑んで引きずりこんだのである。

悲鳴を上げる暇もなく、医師は石棺に吸いこまれ、待ってとイライザが駆け寄ったその前で蓋は閉じた。

「彼は——」

と身体を震わせるイライザへ、

「ご主人の仲間になる。光栄なことだ」

チェシュが静かに言った。

「そうか。あなたも一味なのね。なら、私も柩に入れたらどう?」

「奴らはまだご主人さまを狙っている。隠れ家へ案内しろ」

第六章　狂海プロジェクト

1

「残念だけど、私は彼らの仲間にはなれないのよ。彼らの世界への出入りは、彼らの手助けがいるの」

イライザの神出鬼没ぶりは、影たちの手になるものであった。

「なら——もう用はない」

冷え冷えと告げるチェシュへ、イライザは見くびり切った笑顔を見せた。

「じゃあどうするの？　この場で殺すつもり？」

「やむを得まい」

右手にぶら下げた銛を、彼は投擲の姿勢を取った。

風を切って飛んだ速度は、間違いなく、立ちすくむイライザの心臓を貫いたと見えたが、一瞬の大きな揺れが狙いを狂わせ、流れる影は戸口の向うに消えた。

　壁に刺さった銛を引き抜いたチェシュに、

「追うな」

と柩（ひつぎ）が命じた。死人（しびと）の声であった。

「――だけど」

「よい。あの女には果たすべき用がある。それを妨げることは出来ぬらしい。船は揺れた。誰の意志によるものか」


　ホールへとびこんで来たイライザを、ショートは驚きの表情で見つめた。

「ウェルカムだぞ、イライザ。何を企（たくら）んで戻って来た？　おれも連れて行くか？」

「少し前ならね。でも、いまはどうでもいいの」

「ご挨拶だな、え？」

　ショートは笑い声をたてた。

　イライザはバー・カウンターに入りこみ、棚からブランデーの瓶を摑（つか）んで、グラスの縁まで注いでから、一気に喉まで放りこんだ。

「いけるねえ。だが、指にさわるぞ」

「そんなヤワな身体は持っちゃいないわよ。ねえ、ショートさん、あんた何のためにこの船に乗ったんだい？」

ショートは、ちょっとイライザの顔を睨むように見つめ、それから天井を見上げた。

「そういや、何だろうな？」

「チェシュは積荷の女の奴隷になり、私は影たちの仲間になった。医師も柩に吸いこまれたわ。無事なのは、あなただけよ」

「おやおや、このおれが最後に残ったか。つまり、最重要人物ってことだな」

「そうよ」

イライザは否定もしなかった。

「この船は、誰か——途方もない力を持つ存在が作り出した研究船だった。研究とは、その存在さえ凌ぐ何者かを生み出すためのものよ。そして、それは成功しかかっていた」

「そりゃ凄え」

ショートは、手もとに置いてあるカードをシャッフルして、もとの位置に戻した。トップの一枚をめくって、テーブルへ放った。

「ジョーカーか。まだ先は読めない——勝負はついてないってことだ」

ショートは淡々と言った。

「何が起きても気にならない人なのね」

「賭博師てな、みなそうさ。訳がわからない未来に賭けるのが商売だ。いちいち驚いてちゃ頭がもたねえよ」

　別のカードが放られた。

「またジョーカーか」

　三枚目。

「ジョーカーよ」

　イライザが、ささやくように言った。

「ジョーカーは一枚しかないんだ。つまり、これはあり得ねえ手ってことになる」

　ショートは溜息(ためいき)をついた。

「どんな手よ？」

「占ったのは未来だ――おやおや」

「何よ？」

　イライザの眼に強い光が点(とも)った。

「待つのは破滅だ」

　ショートは、これまた淡々と口にした。

「……………」

「だが、三枚目のジョーカーには、もうひとつの意味もある――救いがな」

「――それは？」

イライザの問いをショートは無視して、三枚のカードを集め、またテーブルへ放った。

ジョーカーは二枚きりであった。

「消えたか。これでわからなくなった。さて、この船とおれたちはどうなることか――おい」

呼びかけて、賭博師はイライザの姿がないことに気がついた。

「行っちまったか。まだ結論は出ていねえのに気が早い女だな。だが、どうやら航海の果てが見えて来たな。何もかも、そっちへまとまっていくぜ」


イライザは廊下を急いでいた。歩き慣れた廊下がひどく長く感じられた。

左隣りに気配を感じた。

蝶ネクタイの男がひとり――全く同じ速さで歩いていた。

「誰よ？」

「知らんのか？」

「残念でした」

「名前は――忘れてしまった。乗船は随分と前だったのでな。〝治安官〟とでも呼んでくれ」

イライザは、小さくうなずいた。

「あの島の――でも、他は消えてもあなただけは――何故、残っていられるの？」

「この船の力だろう。一万年も航海してれば、おかしな力もつくさ」

「何処へ行くの？」

「多分、君と同じく——操舵室だ」

「何をしに？」

「おれに訊くなよ」

治安官は苦笑した。

「あなたの船での仕事は？」

「酒場の取り締まりだ。もっともこしらえたのは、おれだがな。あちこちから材料や道具を集めて組み立てるには、一〇年近くかかったぞ。そうだ、君の仲間と交渉して、次元開閉空間を使わせてもらっている」

イライザの顔が、少し笑み崩れた。

「気が合ったのね」

「そうだな。彼らも強引に乗りこんだ口だ。わかり合えたのかも知れない」

と治安官も笑った。

不可思議なあたたかさに包まれながら、二人はやがて足を止めた。

短い階段がドアへと続いている。

「開くかしらね？」

「さて」

言うなり、治安官はイライザを突きとばした。

生じた空間を重い風がつぶして、手すりに突き刺さった。矢だ。

自分を狙った二本目を、いつの間にか抜き放った鉈で打ち落とし、治安官は背後を向き直った。

一〇メートルほど向うに二つの影が立っていた。絢爛たるマントよりも、その「差」が眼を引いた。

向かって右が長弓を構えているのに、もうひとりは、身じろぎもせずに突っ立ったままだ。

「何だ、おまえたちは?」

鉈を構え直し、治安官は二人を睨みつけた。

「その格好からすると、柩の女――ゼビアの手下だな。操舵室へは入れんぞ。しかし、いまのいままで影も形もなかったのに、おまえらも作られたものか?」

「おれたちが?」

弓手が嘲笑した。

「おれたちは最初からゼビアさまを守って来た。世迷い言を言うな」

治安官が訊いた。

「――おれたちを止めに来たのか?」

「おまえは、前からゼビアさまの目障りだった」

と弓手は言った。

「そっちの女は、影どもの一味――死ぬのが遅すぎたくらいだ」

「あの女の命令か？」

「いいや、我らの意志で出向いた。おまえたちごときの処分、ご主人の知るところではない」

イライザがのけぞるようにして笑った。

「マントも弓も派手で眼を奪うけど、ねえ、視力はいいの？」

ひゅっ、とイライザの右の耳たぶが消えた。階段に刺さった矢に持っていかれたのである。

「この野郎！」

治安官がその矢を抜くや、弓手に投げつけた。それは、あり得ない方向へ飛び去り、弓手はにいっと笑った。

歯を剝いて銃を構える治安官を抑えて、イライザが前へ出た。

右手の人さし指で耳たぶの血を拭い、それで左手の平に何かを描いた。

「私たちを殺すだの、大きな口を叩くなら、これを見てからにしなさいな」

左手がずいと前へ出た。

手の平を前にして。

そこには鮮血の十文字が描かれていた！

この世ならぬ苦鳴が二つ交差するや、華やかなるマントは背を見せて走り出した。

その後ろ姿とイライザの手の平を交互に見比べて、

「驚くべき女だな。何だ、そのマークは？」

「あいつらを怖(おそ)れさせる力のシンボルよ。私も彼らから教わったの」

「彼らか――何者だ？」

「わからないわ。きっと最後まで。柩の中の女に敵対していることだけは確か」

「おれも何もわからず乗っちまったが、あのまま島に留まっていた方がよかったかも知れん」

イライザは、じっと彼を見て、

「いいえ。この船で正解よ」

と言った。

「さて、船長殿に会って力を貸してもらわんとな」

「Dの捜索にね」

二人は顔を見合わせて微笑した。

治安官が階段を上がって、ドアをノックした。

えっ⁉　と後じさる。返事があったのだ。

冷たい岩のような声。

「何の用だね？」

「船長ですか？」

「そうだ」

「私、治安官と呼ばれてます。あの島から乗船しました」

「存じている」

「なら――先ほどの海戦で、Ｄが姿を消しました。捜索して下さい」

「心配はいらん」

声は冷たく言った。

「え⁉」

と放ったのは、イライザだ。

「航路はとうに最後の爆発地点に向かっている。だが、この船には救助設備がない。Ｄの方から戻って来なければならん」

「もうその海域に入っているのか？」

治安官が訊いた。

「すでに」

爆発地点は遙か先だ。もうそこにいるとは信じ難いことであった。

イライザが背を向けた。廊下を走り出す。その先は甲板へ上がる昇降階段だ。

「船長――この船は何処まで行くのだ？」

治安官が訊いた。

「何と言えば気に入る、乗船者よ？」

「それは私の問いだ」

「………。だが、少し前から舵輪がひどく軽くなった。はじめてのことだ」

「いよいよか」

治安官は手すりから手を離し、

「いい航海を」

と言い残し、イライザを追って走り出した。


イライザは甲板にいた。闇の中だ。時間からすれば、昼だ。だが、狂海の空は狂気の暗黒に覆われ、一点の光もない。前方まで塗りつぶされている。

イライザは舷側に駆け寄って身を乗り出した。全身から声を絞り出した。

「D――ここよ」

何故、あの若者を求めるのか、自分でもよくわからなかった。

影たちに拉致され、何かを仕掛けられた。影たちと近くはなったが、仲間になり切ったわけではない。彼らの目的は、船底の積荷の中身を抹殺することだった。理由を訊いてもわからなかった。彼らは闇雲に積荷の中身を怖れていた。イライザを捕らえたのも、この船に呼ばれた者の特技を利用して、積荷に近づき、破壊するためだ。

Dを呼んでいるのは、自分ではなく、彼らなのかも知れない。だが、敵の力はあまりにも強大だった。そして、決定的なリスクを与える前に、さらに強大になりつつある。

影たちや私が船にいるのは、それを防ぐためなのか。

だが、それだけでは足らなかった。だから、Dが招かれたのだ。

そして、問いは根源へ戻っていく。

招いたのは何者だ？

積荷の中身に敵対する存在に違いない。対して——積荷を積みこんだ主は？

何故、敵の攻勢を放置しておくのか。柩の中の女に手を貸さずにいる理由は？

気がつくと頭から爪先まで水に濡れていた。海が荒れている。彼方で光る稲妻が、渦巻く雲と海面を描き出した。風の音が世界を沈黙させている。

ふと船首の方を見た。

同時に空が光った。立っていた。旅人帽の下で黒いコートが翻った。

「D」

イライザは駆け寄って抱きついた。はじめて会ったときから胸中に秘めていた感情が、波のように溢れた。

Dの手が背に廻った。首すじに顔が近づいた。

凄まじい力が後ろ襟を捉え、イライザを引き戻した。

「偽者だ」

治安官の声だと知ったとき、イライザはDの顔が闇に閉ざされていることに気がついた。

立ち尽す顔面に、唸り(うな)をたてて鉈が食いこんだ。

よろめいたが倒れず、そいつはゆっくりと二人の方へ近づいて来た。

「一体——何者よ?」

答えはすぐ明らかになった。

左の舷側から飛び来たったものが、そいつの左胸を貫いたのである。細長い白木であった。

吹けば飛ぶようなそれを、十数メートルの彼方から、風も気にせず飛翔させ、のみならず敵の心臓を正確に貫くとは——誰がと尋ねるまでもない。

「——D⁉」

ふり向いたイライザの視界を、またも稲妻が照らし出した。

こんなときに溜息が洩(も)れた。敵を見据(みす)える鉄の表情さえ美しい。

偽りのDが前のめりに倒れた。

それ(い)はみるみる輪郭を失い、とろけ、一本の巨大な触手の姿をさらし、ちょうど飛びこんで来た波に砕かれ、流れ去ってしまった。

2

「いまのは――何？」

死人(しびと)声のイライザへ、治安官が、

「あんたの仲間に教わっていなかったか。あれも〈狂海〉の生物さ。いつの間にか船内に侵入して、乗ってる連中に化けるんだ。おれも何回か騙(だま)された。ただし――ひとつ気になることがある。あれは自由意志で動いているのか、それとも操られているのか」

「どう思うかの？」

嗄(しゃが)れ声が訊いた。Dは二人の前にいた。

「いまに到るもわからん」

と答えて、治安官はDの肩越しに闇の海を見つめた。

「ぞろぞろ出て来るぞ――戻ろう」

船首に十個近い人影が立っていた。どれもDの姿であった。

Dがふり返って、背の一刀に手をのばした。

影たちの背から鈍い光が走った。Dとの距離は三メートルもない。

影たちが硬直した。両手で押さえた顔の下から、どろりと眼球がこぼれ落ちた。イライザが、

この状況で恍惚と呻いた。

「あなたの顔を真似できなかったのね」

Dが前へ出た——。白刃が閃き、影たちは次々に斃れて、本性をさらした。

三人は船内に戻った。

「船旅の目的は明らかになって来たわね」

とイライザが言った。

「この船は、新しい貴族を生み出すための研究船だった。実験船といってもいいわ。誰がそれをやってのけたのか——あなたはもうわかっているわよね、D？」

「〈神祖〉じゃ」

左手が応じた。

「陸にいるとき、聞いた覚えがある」

治安官が重々しく告げた。

「貴族の中の王たちの王——いいや、伝説だ。果たして実在していたのかどうか、貴族たちにももう証明できんと聞く」

「奴は新しい生命体の製作に生命を懸けていた」

とDが口を開いた。二人はその言葉のひとつひとつに耳を傾けた。

「人間と貴族の血の融合——可能になれば、人は不老不死となって、宇宙の果てまでも辿り着けるだろう。貴族は陽光の下を歩き、人間(ひと)と変わらぬ食事を摂(と)って、怖れず海で泳ぐ。夜の刻(とき)のために開発されたＡＩは、昼も稼働するメカを作り、やがて、宇宙の神秘も掌中にするだろう。ただし――新しい生命には新しい精神(こころ)が必要とされる。貴族はこれ故に新しい生命の源とはなれなかった。いまでも、な」

「この船で生み出されたのが、あの娘――ゼビアか。あれは成功だったのか」

治安官が額を拭った。光るものは汗か雨か。

「わからん。多分、当人にも」

「何だか――憐(あわ)れな話だな」

治安官の声は侘(わび)しげであった。

「新しい生命というのは簡単だが、本人は孤独になるばかりだ。そして、上手くいくとは限るまい。たとえ、承知で手術台に上がったとしても」

「――Ｄ、どうするつもり？」

とイライザが訊いた。

「貴族ハンターは殺人鬼ではないと聞いています。彼女はあなたに牙を剝いたわけではないでしょう」

「おれはここへ招かれた。理由はあの女を始末するためだろう」

「でも、それはあなたの意志ではないはずです」

「あの女は四人の護衛をもっておれを襲った。戦いはすでに始まっている」

「――ですが」

Dの眼が光った。

「おまえ――〝もどき〟と化したな」

はっとしたのは、イライザよりも治安官である。

「手の傷を見せろ」

おお、と呻いたのも、また治安官であった。彼はイライザの頸部のみ注意していたのだ。

イライザは唇を結んでDを睨んだが、到底、相手にならぬと踏んだものか、ドレスの袖をめくって二の腕の腹をかざした。

青い筋の上に、はっきりと二つの牙形が印されていた。

Dはその部分に左手を当てた。

「一度きりだ。つけた相手を滅ぼせば消える」

そして、左手は白い喉を摑んだ。ぐったりと倒れるイライザを素早く肩に乗せ、Dは廊下を歩き出すと、ホールへ入った。ショートがカードを並べていた。

「いつも楽しそうだな」

と治安官が嫌味たっぷりに声をかけると、

「お蔭さまでな。この世はハッピーさ。お、バイオリニストのお姐ちゃん――嚙まれたな」

一発で見抜いた。続けて、

「ドクターはいねえし、若いのもお出かけだ。あんたたちは忙しいらしい。おれに面倒見ろというわけか」

「そういうことじゃ」

嗄れ声と同時に、イライザをソファに寝かせ、Dはひと言も言い残さず出て行った。治安官も続く。

「おい、待てよ、おいこら」

のばした手の先で、ホールのドアは閉じた。

はあ、と大息し、ショートはイライザを見下ろした。袖口からのぞく生腕の歯形を調べて、

「やれやれ。貴族も〝もどき〟も、一度キスした獲物は逃さねえ。じきにやって来るぞ。無責任野郎ども」


Dは操舵室へ向かっているらしいと考え、治安官は、

「どちらへ?」

嫌味たっぷりの訊き方をした。返事がないから、

「船は止められんぞお」

これも嫌味をふりかけた。

Dは操舵室の階段を上がった。ドアノブに手をかけ、足を止める。

「どうした？」

「いない」

「え？　船長は一杯飲りにいったのか？」

Dがドアを開いた。

無人の船室に入った。窓外の海は黒く牙を剝いているが、揺れはほとんどない。

舵輪は固定されていた。Dが近づき、把手を摑んだ。

「おいおい」

治安官は不安気な声を上げた。いかにDといえど、この船を操れるとは思えない。

だが、舵輪は廻った。同時に凄まじい揺れが治安官をよろめかせた。

「やっぱり、船長でないとのお」

緊急事態のさなかで、嘲るような嗄れ声が上がった。船はいま、本当に〈狂海〉へ入ったのだ。

「危いぞ、D」

治安官が叫んだ。その胸を背中からひと筋の黒矢が貫いた。

のけぞり、ふり返った。二本目の矢は数ミリのずれのみで、同じ場所を貫通したように見えた。

大きくよろめき、倒れかかる身体を、Dはふり返って見つめた。血が床を染めていく。意志から切り離された身体を支えたのは、青白い繊手(せんしゅ)であった。

ゼビア。

紫のドレスをまとった女は、場違いとしか思えぬ場所とも、私室のごとく溶け合っていた。

そのかたわらで、護衛のひとりが死の弦を引き絞っていた。

「新しい貴族」

とDは呼びかけた。

「おまえは成功例か失敗か？」

一瞬、ゼビアの瞳が揺れた。

「さて」

身を翻した。

Dは床を蹴った。

真正面に向けていた弓手(ゆんで)の矢が足裏を通過する。弓手の頸(くび)を両断しかけた刀身は、大きく左へ流れ、着地したDの胸から背へ黒い矢が抜けた。二つの歪曲(わいきょく)は、Dを地に伏せさせた。

「仕留めた」

弓手の宣言に、

「いいや」

と返したのは、戸口から現われた人影だ。彼は両手をマントの内側に秘めていた。じっと横たわるDを凝視している。

「まだ油断できんか？」

両手なしがうなずいた。

「では、首でも落としておくか」

弓手は治安官の方に近づいた。身を屈め、右手の鉈へ手をのばす。

ひょいとそれが持ち上がった。治安官の上体ごと。

風を切って飛んだ。

よほど油断し切っていたのか、弓手が吹っとんでドアに激突した。最初からそのつもりだったのであろう。鉈は彼の右肩から鎖骨を砕いて、左肺上部まで食いこんでいた。

治安官はすでに床に伏せている。今の一撃は最後の力を振り絞った報復だったのだ。凄まじい怒りの一瞥（いちべつ）を投げて、両手なしは弓手に駆け寄った。

「無事か⁉」

床に坐りこんだ身体に触れることは出来ずに叫んだ。

返事は痙攣（けいれん）であった。人間ならショック死だ。

両手なしは操舵室を見廻した。治安官はもはや動かず、Dもまた。

両手なしの黒い顔からひとすじの涙が落ちた。

ドアが閉じると弓手の呼吸が絶えたのを確認してから、死闘の痕など影も形も留めぬ室内に、

「運の良い奴め、こいつに何かしようとしたら、顔を焼け爛れさせてやったものを」

嗄れ声が妖々と流れ、どこかで、ぼっと青い炎が映えた。


ショートはそれなりに手を尽した。イライザにブランデーを飲ませ、マッサージを施し、ボーイを呼んだ。どれも効果はなく、ボーイもやって来ない。

「何してやがる。藪医者はどうした？」

捜しにいこうかと思ったが、イライザを放ってもおけない。

「しゃーねえな。早く戻って来やがれ、ハンター〝D〟」

悪態をついたとき、ホールに合わないものに気がついた。

閉じたドアの下から霧が流れこんで来る。

「はン？」

海の上にいても、貴族――吸血鬼の伝説は生きている。蝙蝠に変身するのみならず、霧にも化ける、と。

テーブルをはさんで、五メートルほどのところに霧の塊が生じた。それが四方へ吹きとび、現われたのは、紫のドレスをまとった美女であった。

「わらわはゼビアじゃ」

その素性は、朱唇からのぞく鋭い牙で明らかだ。

「そこの娘を貰い受けに来た。ついでにおまえも連れて行こう」

ショートは瞬きし、女――ゼビアとイライザを見比べた。

「そうか、第四艙に乗ってたのは、おまえかよ、別嬪さん。荷物扱いで疲れたろう」

軽口を叩きながら、ショートは、右手一本でテーブルに広がったカードをひとつにまとめ、手の平に乗せた。どんな技法か、上の数枚が一枚ずつふわりと浮き上がり、戻って、また上がる。

「無駄じゃ」

ゼビアの朱唇がきゅうと笑いの形に曲がった。

「人間の技ではわらわを魅せぬ。ひょっとしたら、貴族の力をもってしても」

「そうかい」

ショートの口もともほころびた。

そこから二本の牙がのぞいた。

「おまえは⁉」

ゼビアの表情が変わった。ショートは眼で宙を仰いだ。

「どうしておれがこの船に乗ってたのか、いまわかった。おまえの監視役だ。おまえが理想の形を取れば、おれは人間として生を終えたろう。思えば残念だ」

「〝もどき〟ならば、わらわの邪魔をしてもよいかくらいはわかるであろう。下がれ」

「仰る（おっしゃ）ことはもっともだ。けどな、おれがいまのおれになったのは、あんたが違うものになっちまったからさ。おれを寄越した御方の狙いとは別のな」

「おのれ」

ゼビアが短剣を抜いた。

「ちょい待ち」

ショートは上下動を続けるカードの一枚を抜いて見た。意味ありげな眼つきで指で弾（はじ）いた。

ゼビアが瞳を下ろした。

カードが喉の半ばまで食いこんでいた。手練（しゅれん）の速さ、神のスピード――それを掛け合わせてもあり得ない神速の一撃であった。

だが、

「なかなかやるのお」

とゼビアは滑らかに言った。

「わらわへの刺客ならではの腕じゃ。だが、まだ及ばぬようじゃの。所詮は〝もどき〟の貴族真似。貴族との違いを見せてくれる」

言うなり、引き抜いて投げた。

それは、受け止めようとしたショートの右手指を三本切り飛ばし、さらに喉に半ば食いこんだ。

「さすが、ニュータイプ」

ショートは軽くウィンクしてカードを抜き取り、ゼビアの足下に指で弾いた。

「ジョーカーだ。おれの運か、あんたの運か？」

その眼前で、ゼビアの身体が色を失い、霧と化して床を流れた。

「そう来るか」

ショートはベストのポケットから、もうひと組のカードを抜き取って、右手の分と一緒に床へ叩きつけた。カードが舞い上がり、彼の前方に縦長の壁を作った。

3

霧の奔流は壁にぶつかり、横へ廻ったが、壁もまた側面を塞いだ。

「どうした、ニュータイプ？　それまでか？」

のけぞって笑う姿まで想像できるようなショートの嘲笑であった。

霧の先端がぐいと後方へなびき、一気に突進した。

カードの壁は揺らぎ、二波目で粉砕された。

片足を引きつつ、ショートはソファのそばへと跳んだ。

「こん畜生め」

彼はなお闘争心を捨てていない。迎え撃とうと体勢を立て直した。

その背後で、すうと立ち上がった影がある。イライザであった。前のめりになりながら、ショートの両肩を摑んだ。牙を剝き出した唇は笑っているようだ。

「てめえ――何しやがる。離せ！」

地団駄を踏むショートの前で、ゼビアが微笑を浮かべた。

「時に遅れた旧型。貴族にもなれぬ〝もどき〟のひとり――ここで逝（い）くがよい」

音もなく滑り寄ったゼビアの右手に懐剣が閃いた。

苦鳴（くめい）が噴き上がった。

「おのれ」

顔を覆って後退したのは、ゼビアであった。

「おまえ――それは⁉」

血色の眼は、ショートの肩越しに突き出されたイライザの手の平を見ていた。表面に刻まれた血の十字架を！

「裏切るか？　いや、裏切れるはずがない。あの銛（もり）打ちがおまえに与えた口づけは、わらわの口づけに等しい。これは――どうしたことじゃ？」

「あなたの口づけを受けて――私もニュータイプになったらしいわ。自分の手に十字（クロス）を描けるくらいに」

「おのれ、二人まとめて地獄へ落としてくれる」

血を吐くような絶叫が遠ざかり――ドアの前で消えた。下から霧が流出していくのを確かめ、ショートはどっと床に腰を下ろした。

「たやすくイケるとは思わなかったが、やはりニュータイプの女王だ。簡単に片づけられる玉じゃねえな――ところで」

ソファの方へふり返ると、イライザは前より青ざめ、前より荒い息をついている。

「あの女の仲間になったんだろ？　どうしておれを助けた？」

「あの女（ひと）に血を吸われたんじゃないの」

「ほお。しかし、それにしたって」

「ニュータイプと言ったわね。多分、そのせいよ」

「どういうこった？」

「吸われた人間への影響が少ないのよ」

ショートは少し眉をひそめて、

「また吸い、また吸いと繰り返してるうちに、効果が薄くなるってわけか。それじゃ、何人目かには、〝もどき〟にならなくても済むのか」

「かも知れないわ」

「それが、この船を研究船と変えた御方の目的だったのかも知れん」

「でも、ゼビアさまは――」

「そうだ。十文字を怖れ、霧と化す。〝もどき〟も増産する――いつもと、いつもとあまり変わらんな」

「失敗したのでしょうか？」

「恐らくは。おれが――いや、おれたちが船の客になったのは、それを繕うためだ」

「つまり――」

「ゼビアを滅ぼし、この船も沈める」

ショートはいつになく硬い声で言った。

「この船で行われたことは、無駄だったのですね」

「いいや」

ショートはかぶりをふった。

「一部は成功した。おまえは〝もどき〟の身で貴族に逆らい、しかも、禁断の十文字を手に描いた。部分的には成功だったんだ。陸にいるとき、〈辺境〉の数カ所で、陽光の下を歩く貴族の話を聞いたことがある。あれも成功例の一種だったのかも知れん」

イライザは両手を胸に当てて、長い息を吐いた。

「――どうなるの、私たち？」

「私たち？　残念ながら、私たち？　おれだけは別だ。あんたはおれを救ってくれたが、おれの仕事は

「──わかるよな」

イライザは表情ひとつ変えず、うなずいた。

ショートはホールの左端の方へ歩いて、木製の小卓の脚を摑んでひっくり返した。失われた指は、いつの間にか復活を遂げていた。

ふり上げた右手にはカードが一枚はさんであった。

それが閃くと、四本のうちの一本が根元から切り離されて、ショートの手に残った。

カードがまた走った。そのたびに木屑がとび、削られた脚は、たちまち一本の楔となった。

彼はそれを手に、イライザのソファへ戻った。

「安らかに眠れ」

眼を閉じたイライザの胸へ、撲滅の凶器をふり上げたとき、ひとりの男がホールへ入って来た。

ふり返ったショートが眼を細めた。初めて眼にする人物だったのである。

だが、彼はすぐその眼に爛々と血光を宿らせはじめた。

「そうか、いつかは会えると思っていたが、その風貌、吹きつける覇気、巌のごとき体軀──ヴァンデル・デッケン船長か」

吹きつける覇気といったが、ショートこそ妖気を吐いている。それを気にもせず、

「左様。いささか思うところがあって、ある人物との遭遇を求めて、万年余留まっていた操舵

室から出てみたが」

「意に反した場に出くわしたわけですかな」

血の洞（ほら）のごときショートの眼に、船長が揺れている。

「これは――おれの技をもってしても、勝てるかどうか。だが、仕事だ。邪魔者は片づけなくちゃあな」

「わしにもようやく、導かれた航海の目的地が見えて来たところだ。だが、まだ舵輪を手放すことはすまい。除（の）け。その娘はわしが預かろう」

「どうしようってんだい？」

「おまえに任せてはおけまい」

「あんたを始末するのは仕事に入ってねえんだ。見ないふりしてくれや」

「そうもいかんな」

かすかに船体が揺れた。

「船長を失くしたらこの船がどうなるか知らねえが、ま、諦めてもらおうか。船はおれが操ってやるよ」

軽口のようなしゃべりが、急につぶれた。別のものを見るように、彼は船長を凝視した。

船長が言った。静かに、不気味に。別人のように。

「任せよう。その資格を確かめてからな」

パン、とショートが両手を打ち合わせた。宣戦布告と読み取ったのだ。胸と頭上にまで掲げた両手の平を、カードの流れがつないだ。

「はっ」

短い気合に、数枚のカードがを襲った。ただ一枚が触れただけで頸動脈は断ち切られる。

船長は右に移動して躱（かわ）した。

「ほお、やるなあ」

ショートの感嘆は船長の背に当たった。大胆にも彼は平然と背を向けて、ホールの奥へと歩き出したのだ。その先の壁に、ダーツの円標的と数本の矢（ダート）が刺さっている。

船長は一本ずつ抜き取った。三本あった。彼はショートへ向き直ると同時に、一本を投げた。

「おっと」

ショートの右手が弧を描いた。二重の壁が築かれ、ダートは最初の壁の一枚を射ち抜いて止まった。

ショートの右手は船長を指した。カードの帯が襲う。船長の身体が右へ傾いた。船もそれにならった。

ショートが、あっ⁉と叫んだ。

空間を走るカードが、床上を転がる瓶のごとく大きく流れを変えて、二メートルも離れた壁に階段（ステップ）のように突き刺さったではないか。

「貴様——何をした⁉」

驚きを隠さぬショートの位置は、右方五メートルのホールのドアの前だ。人間とは比較にならぬ体術を備えた貴族の血が、不様にバランスを崩したのである。

「この船も長くてな。わしの思うとおりに動いてくれる。乗船したすべての者も」

「化物か⁉」

と化物が叫ぶや、放たれたカードの帯は三条——左右と床上から船長に迫った。

「残念」

船長は一歩前へ出て、身を屈めた。船体は後部へと沈んだ。死の帯はすべて後方へ翻り、床の一列は船長の鼻先をかすめて反転した。彼の動きは船内の重力を狂わせるのだ。

さらに、後ろへ進んでしゃがむと、彼の方へ傾斜した床の上を、細長い物体が転がって来た。ショートが作った楔であった。

「乗客に済まんが、無届けだ。やむを得ん」

足もとの楔をすくい上げると同時に放った。鮮やかなアンダー・スローであった。

得意のカードを繰り出す暇もなく、ショートの心臓は貫かれ、彼はホールのドアに激突した。ドアは彼を呑(の)みこんで閉じた。

床に真っすぐ立って、

「脆(もろ)い」

と船長はつぶやいた。船は正常に戻っている。

「一万年走ってみたが、世界は何も変わらん。新しいタイプが欲しくもなるわけだ」

船長はソファのイライザに近づき、

「動けるか？」

と訊いた。

「ここへ運んだのは誰だ？」

「――Dよ」

「船医に会わせてやりたいが、乗船しておらん。わしの手当てになるが、我慢しろ」

「船長さんの手を汚してもらえるとは――光栄だわ」

イライザは微笑を浮かべた。

そのとき――

「医者なら、ここに」

陰々とした声が告げた。

ドアの前に立っているのは、モーテンセン医師であった。

もうひとつのドアも開いた。

操舵室へ二人の男が入って来た。銛を手にしたチェシュとマントの騎士であった。

彼らは舵輪を握るDを目撃した。

「船長はホールなのに、船は進んでいく。誰かと思えば、あんただったのか。船がまともに動いてる時点で、想像はついてたけどよ」

チェシュは舌舐(な)めずりをした。若き精悍(せいかん)な漁師の面影は何処(どこ)にもない。淫(みだ)らな赤に燃える両眼は殺意の炎を加え、舌舐めずりさえしているではないか。

「船がおかしな揺れ方をするので出て来たら、いつの間にか、にわか船長のお出ましか。だが、船長が操舵室を出るたあ、一万年を渡って来た船も、いよいよ難破船かい」

「荒れ出したの」

嗄れ声が言った。Dは前方を見たきり動かない。侵入者に気づいているのかどうか。

左手がなおも、

「こりゃ凄い。〈狂海〉ならではの嵐の出番じゃの。船長が戻って来ても、こりゃあ危ないわ」

「おきゃあがれ」

チェシュが銛を構えた。そばには必中役ともいうべきマント姿がいる。Dといえど、この危険を免れ得るとは思えない。

「手を離してこっち向けや」

チェシュが銛の握り具合を調整しながら言った。

「怖くて手も動かせねえ男じゃあるめえ。おれも卑怯(ひきょう)な真似はしたくねえ。正々堂々といこうじゃねえか」

「よかろう」

と応じたのは左手であった。

Dの手が舵輪を離れた。

近距離で爆発でも生じたかのような衝撃と揺れが、すべてを右方へ投げとばした。

「うわわ」

必死にバランスを取りつつ武器を構え直すチェシュへと美影身が走った。

「畜生め」

銛が飛んだ。刃を嚙み合わせて跳ね返し、Dはさらに一刀を振るった。これも体勢を立て直そうと床から起き上がったマント姿へと。

どちらが早い？

横殴りに胴を狙ったDの刀身は、大きくずれた。だが、マント姿の胴もまた、その左半分から鮮血を噴き上げた。

Dの刃が敵の妖術に勝ったのだ。

身体ごと刃は回転を続け、マント姿は二つになって床へ落ちた。

Dはチェシュを見た。

若者は銛を構え直していた。自信に満ちた表情は変わっていない。

Dが無雑作に歩を進めた。銛を投げる余裕はなかった。

絶叫とともに突いて出た。

一撃で撥(は)ねとばされた。握った指はすべて折れた。それほどのパワーだったのである。

切尖(きっさき)が喉もとへのびた。

ヒィと洩らして後じさる。刃は追って来た。チェシュはもう動けなかった。壁まで追い詰められたのである。

無鉄砲な自信は崩れ落ちていた。全身の血管中を死の恐怖が駆け巡っている。呼吸も出来なかった。

「おまえへの依頼は受けていない」

とDは言った。氷の声である。

「二度とおれの前へ出るな」

チェシュは息を吐いた。心臓と肺が一斉に活動を再開する。

「行け」

Dは刃を退(ひ)かずに言った。

チェシュが横っとびに跳んだとき、喉には赤い筋が残った。

「お優しいことじゃのお」

左手が皮肉っぽく言った。

「だが、最期は近い。この船とどう関わって来るものか」

Dは床の上に視線を投げた。

弓手、治安官、マント姿――三人が、滅びた。そして、全員が床上の塵と化し、それも戦いのさなかで踏みつけられて、跡も留めていない。

船がまた揺れた。否、揺れ続けている。

空しく廻る舵輪をよそに、Dは操舵室を出た。

廊下へ出ると、おびただしいきしみが襲いかかって来た。海が船の年齢を伝えようとしているとも思えた。

ちら、とホールの方角へ眼をやって、Dはすぐ下層へと続く階段の方へと歩き出した。

第七章　凪遠く

1

第四艙へ降りたとき、Dはゼビアの攻撃を予測していた。貴族＝吸血鬼の砦ともいうべき柩は、それ故に最高の防御技術をもって作られる。

この場合、防禦は文字どおり攻撃を兼ねる。墓所を守る数万の軍勢が幻にもかかわらず、ハンターたちを虐殺し、その根城にまで襲いかかるのは夢ではない。

異次元通路のみをつなぎとして、数万光年の彼方の宇宙に浮かぶ柩に、どのような攻撃が可能なのか。また、数万台の機械人形に守られた柩は、あらゆる生物を抹殺して安寧な土地を捜す。

船の中での護りとはどのような形をとるものか。Dには興味の対象であったかも知れない。

捜すまでもなく、Dは目的地に立った。

柩はひっそりと横たわり、動きは船体のかすかな揺れのみである。

石の中から声が聞こえた。

「来たか？」

ゼビアのものとは思えぬゼビアの声であった。

Dは無言で背の一刀に手をかけた。

「おまえにとって、この船内での時間は短かろうが、わらわにとっては長すぎるほどであった」

前へ出かけたDの足が止まったのは、声が奏でる悲哀のせいかも知れなかった。

「おまえが来るまで、わらわが柩の中から出たことは一度もない。その気になれば出るのは簡単なことじゃ。何故そうしなかったのかはよくわからぬ。恐らくは、怖かったのであろう。外界のものに触れて、自分の真の姿に気づくのが」

「真の自分？」

唸(うな)ったのは左手だ。

「この柩の中で眼を醒(さ)ましたときから、わらわは、自分が自分ではないように感じていた。名はゼビア、身分は貴族、そして、従来の貴族とは別のものじゃとな」

「ほおほお」

左手の声にも、茶化している風はない。ゼビアは続けた。

「これまでの貴族とどう違うか、わらわにはわかる部分もわからぬところもある。わらわを動かしているのは自分の意志じゃ。しかし、精神の深い闇の奥から、違うという声もする。何もかも真実と異なる。おまえはおまえではない、と。そして、わらわは、それに抗う術を知らぬ。Dよ――わらわは何者じゃ？」

氷と鋼で出来た声が応じた。

「何故、おれに訊く？」

「それもわからぬ。ただ、おまえにだけは違和感がないのじゃ」

「自分と同じだと？」

「そうも考えた。はじめて、柩の中でおまえを感じたときに。だが、そうだとは言い切れぬ」

「何故じゃ？」

と左手。

「わらわが自分の精神の闇を理解できぬと同様、おまえの抱いているものの正体も見当がつかぬのじゃ。そして、肌は冷え切り、声は嗄れ、総毛立って来る。おまえの闇を考えるたびにの」

沈黙が落ちた。左手すら言葉を失ったのである。柩は言った。

「Dよ――わらわは何者じゃ？」

「奴は可能性のために種を播いた。おまえはそのひとつだ」

聴く者はどちらを選ぶ？　――内容のもたらす希望か、冷たい鋼の口調が示す絶望か。

「播かれた種は花開いたか？　Dよ、いつの頃からか、わらわの耳の奥で響きつづける声がある――成功例はおまえだけだ――それはわらわのことか？」

「かも知れん」

Dの返事に、左手の平に小さな顔が生じ、？という表情を作って、すぐに消えた。

「するとまだ、見込みはあるか」

ゼビアの声に笑いが含まれた。

突然、変わった。

「だとしたら、Dよ、おまえを生かしてはおけぬ！」

蓋がずれた。

そこから水が溢れたのである。

「おおおおお」

左手の唸りが終わらぬうちに、水はDを呑みこんでしまった。

ひどく澄んだ世界をDは漂っていた。流れ水は彼を翻弄し、貴族の動きを封じつつあった。

天も地も定かならぬ広大な水の中に、石棺のみが墨の塊のように朧に浮かんでいた。

「いかに優れたハンターといえど、この幻水海は、わらわを変えた存在が与えた防禦策じゃ。力は出せぬ。技は利かぬぞ。深度十万メートル、十万トンの水圧に押し潰されて、消滅するが、いい」

Dの口から水泡が立ち昇った。

肋骨が砕け、次々に肺を貫いていく。鮮血が噴きこぼれた。

「じきにあらゆる骨が砕けて、一枚の皮の姿と化す。その袋もたちまち――」

声が途切れた。水は赤く染まっている。

不意に世界が傾いた。

Dは柩の前に立って、荒い息をついていた。

「これは――機能が次々にずれていく。何事じゃ？」

動揺する問いの答えは得られなかった。Dは急に向きを変え、ドアを抜けた。何処も濡れていない。

だが、何処へ？　敵に背を見せる若者ではない。

船室階へ上がったところで、ボーイと出くわした。

「危険です。船室へお入り下さい」

「船長は何処にいる？」

「存じません。操舵室からは返事がございませんのです。いま船は非常に危険な状態にありま す。従って操舵室にはいらっしゃいません」

「船長室は？」

「あるとは思うのですが、存じません」

「付き合いの悪いこっちゃのお」

嗄れ声は呆れていた。

「申し訳ありません」

嫌な音がした。

船体のきしみであった。それは長々と続いた。

「危いぞ、これは——前にもあったのか？」

「いえ、初めてのことです」

「一万年の負荷が一度にかかって来たか。あの女を斃すまでもなく、待っとりゃ済むぞ——ぎゃ!?」

「船長が操舵室を出たことは？」

「記憶にありません」

「操舵室にいたきりか」

Dが眼を細めた。その脳でどんな思考が形を取ろうとしているのか、知る者はいない。

「行くぞ」

歩き出した方角を見ていた左手が、

「あれま」

とつぶやいた。

操舵室のドアは閉じられていた。

階段の下にいたボーイが、小さく息を引いて、水が、と言った。

足下の床はぼやけている。深さは一ミリもないが、水は水であった。

Dは一刀を抜いた。

「気をつけい」

と左手が、いささか不安げに声を添えた。

Dの目的は無論、鍵の切断であろう。だが、ドアの隙間は一ミリもない。プラス術がかかっている。いかにDの操る鋼とはいえ、それは山脈の巌(いわお)に挑む鶴嘴(つるはし)の愚行であったか。

空気が凍結した。それがひと粒に凝固した瞬間——

声もなく音もなく、一閃(いっせん)の刀身は迸(ほとばし)り、カッと鋼を断つ音がした。

緊張の爆発によろめくボーイを後に、Dはドアを開けた。

誰もいない。

舵輪だけが空しく廻(まわ)っている。

「風じゃ」

左手が言う前に、Dも気がついていた。前面のガラスにひびが入っている。

「終末が近いのお」

左手が言った。

「しかし、奴は何処にいる？」

「私ならここだ」

「わっ⁉」

と叫んだのは左手のみで、Ｄは声の発現点——前方の窓へ眼をやった。

海も空も黒々と塗りつぶされた場所——船の舳先（へさき）に立つ船長の姿を、彼は確認した。声の届く距離ではなかった。

「何をしておるのじゃ？　早く引き戻さんか」

「船長が海と空の変転を確認中だ。放っておけ」

「むむ。船が危ないのだぞ」

「向うも承知だろう」

「いま戻る」

船長の声がして、当人はこちらへやって来た。

視界から消えると、外で、船長⁉　とボーイの驚きの声が上がり、二人で入って来た。

何処から入って来たのかは、Ｄもボーイも訊かなかった。時間的にみて、通常の出入口からのはずはない。

「どうじゃ？」

左手が訊いた。

船長は舵輪を握った。船の揺れは、夢から醒めたように消えた。

「沈むか？」

第二の質問は核心を衝いて来た。

「わからん」

船長の答えに、不安や曖昧さはない。

「だが、いかなる障害も、あの日、希望峰で嵐に航路を阻まれたときの絶望には及ばぬ。私は初めて神を呪った。その結果が――」

「果てなき航海か」

揶揄するような左手のつぶやきに、

「だが、悔いてはいまい」

鋼の声が続いた。

「家も家族も国も失い、しかし、海がある限り舵を取り続ける海の男がいる――降りたいか？」

「いいや」

船長は応じた。口もとに不敵な笑いが浮かんでいた。

「だが、船を守って来たもうひとつの力は消えつつある。こちらは如何ともし難い」

このとき、Dが静かに自分の横顔を見つめているのに、船長が気づいたかどうか。

「だが――何とかしてみよう」

とヴァンデル・デッケンは言った。ああ、〝さまよえるオランダ人〟よ。

その場を離れようとするDへ、

「イライザという娘、手傷を負っていたので、乗客の医師に預けた。不審な感じもする」

「わかった」

と応じてDは外へ出た。ボーイは残った。

「あの女を斃せば、船は沈むぞ」

と左手が警告を発した。

「そうしたら、みな海の中じゃ。だが、あの女は生き延びるかも知れん。やはり始末しておくべきじゃな、うんうん」

ひとりで納得している間に、Dは石棺への階段を下りはじめていた。

すぐ四艙に着いた。

「おかしいのお」

左手が、台詞の最後に？マークを立てた。

「おかしいぞ。ここは第二艙じゃ」

最下層のはずが、階段はなお下へ続いている。

Dも同じ見解だったらしい。黙って下りた。

「おや、また二艙じゃ。あの女――別の防禦法を備えておるらしいぞ。じゃが、よくある手じゃ」

空間をつないで、永久の堂々巡りをこしらえるなど、貴族にとっては初歩の罠である。Dにとって脱出するくらいは造作もない。ちなみにこの堂々巡りを「エッシャー効果」と呼ぶ。

「これは時間稼ぎじゃぞ」

左手が見破った。

「あの女は王手を企み、それを工作中じゃ。早いところ、ここを出るぞ」

Dは左手を胸前に掲げた。

手の平に小さな顔が生じ、もっと小さな口を開いた。その中で、ごおと青い炎が燃え上がった。

モーテンセン医師の治療は、鞄ひとつにしては的確なものであった。

イライザはすぐに気力を回復した。Dの左手に加えられた妖力攻撃を消去したのである。

「ありがとう」

と礼を言ってすぐ、彼女は意外な言葉を放った。

「触れた手の感じでわかったわ。同類はすぐ見抜ける。あなたも〝もどき〟ね、ドクター？」

「そのとおりだ」

モーテンセンは平然と応じた。

「いまではゼビアさまの下僕だ。おまえやチェシュと等しく」

「あなたの役割は？」

「ゼビアさまの介護と――」

「介護と？」

「ハンターを返り討ちにするための策を講じることだ。医者としての知識を生かしてな」

「人間の知識で役に立つの？」

「そうではないんだ」

「え？」

「いまの私には、ある知識が備わっている。私が――殺した女の知識が」

愕然と彼を見つめるイライザの眼に映ったのは、それ以上の苦悩は世にあるまいと思えるほどの無残な医師の顔であった。

「それは相手の死によってのみ、移譲されるものだった。しかも、二段階に分かれていた。殺害して準備が整い、私が〝もどき〟になった瞬間、移譲が完成するように」

「一体……誰がそんな真似を……」

イライザは限りない同情と憐れみをモーテンセンに感じた。

「………」

「〈ご神祖〉ね」

「わからない、おれには」

「あの御方は、ゼビアさまを守りたくて私たちを乗船させたの？　それともショートみたいに
――滅ぼすために？」

「わからん」

と医師は頭を横にふった。百万遍も繰り返した問いは、やはり答えが見つからなかった。

「わかることをしよう」

と立ち上がった。

2

大量の海水が流れこんでいた。

四艙はすでに水浸しであった。石棺も一〇センチほどだが水中にあった。

階段を男が下りて来た。ショートであった。だが、彼は船長の手で心臓に杭を打ちこまれたはずではないか。現にフリル付きの白シャツの胸は鮮血に覆われている。

彼は水中の柩に眼を止めると、上衣のポケットから、ひと組のカードを取り出した。

「何のためのカードかいままでわからなかったが、やっと閃(ひらめ)いたぜ」

彼は腰まで浸る水の中を進み、柩に辿り着くと、その蓋にカードを叩きつけた。いかなる手練か、カード自体の力によるものか、紙製のそれは一〇枚、蓋の上半分に食いこんだ。

「後は内部で使わせてもらうぜ、ゼビア」

階段まで戻って、彼は水中に身を沈めた。

きっかり二秒後に爆発が生じた。カードは破砕弾だったのだ。噴き上がり、舞い降りて来る水の中には、はっきりと石の破片が見えた。

にやりと歪めた唇が、急にひん曲がった。腰まで浸した水がぐんぐんと彼を石棺の方へ引きずっていくではないか。

どうすることも出来ず、ショートは水中へ――否、石棺の内部へ吸いこまれた。

もがく手足が急に楽になった。なおも流れこむ水ごと、彼はだだっ広い空間へ放りこまれたのである。

息をひとつついて、ショートは呆然と周囲を見廻した。

「こかあ何処だ？」

部屋というより広場だ。そのあちこちに、豪奢なベッドや家具調度、その先にテーブルと薬品棚と最新型の銀河発電器が水に濡れている。天井までは優に二〇メートル、壺の中に宇宙を封じこめた「壺中天」なる言葉が存在するが、これは「棺中天」とでもいうべきか。

すでに腰まで溜った水の中で、彼はゼビアを求めた。死のカードの残りは右手に収めてある。

「わらわはここじゃ」

背後の声にふり返った。紫のドレスをまとったゼビアは、髪の毛から水を滴らせていた。いまのいままで水中にいたとでもいう風に。

「おまえも刺客か。心臓を刺されてよく生きておるな」

ショートは右胸を叩いた。

「おれの心臓は、こっちにあるんでな」

彼はふと、あることに気づいて、眼を剝いた。

「その手は――あんた、何をやってるんだ？」

かすかな笑いを残して、ゼビアは水中に沈んだ。

「出て来な！」

ショートはカードを投げた。

ゼビアの消失地点で火球が膨れ上がった。海水を蒸発させつつ広がるそれを、ショートは水に潜って躱した。

炎の通過を待って浮上する。

眼の前にゼビアの顔があった。

それと――別のものが。

水に浸された世界に、ショートの悲鳴が、自分のこしらえた炎塊のように膨れ上がった。

「あれは？」

モーテンセン医師は足を止めた。第二艙の廊下である。イライザも一緒だ。

「ショートの声よ」

イライザが答えた。二層分離れていても、貴族の耳を備えた二人には聴こえるのだ。

「いかん――奴は危険人物だ」

医師はイライザを置いて、階段を駆け下りた。

四艙目で、彼は水の渦を見た。

「ゼビアさま」

彼は寸瞬もためらわずに身を投じた。

広大な室内の水は腰の丈で止まっていた。

少し離れたところにショートが浮いていた。古木のように干からびた全身が、その原因を医師に想起させた。

「ゼビアさま」

柩のあった位置に向かおうとしたとき、背後で気配が動いた。

「ふり向くな」

ゼビアの声が命じた。

「ご無事でしたか、ゼビアさま。お怪我は？」

「ない」

と返って来た。医師の背に冷たいものが走った。

「あるものか。おまえの治療と改造によって、わらわは別のわらわになった」

黒い感情が雲のように医師の顔を曇らせた。後悔であった。水の中で彼は動けなくなった。

「もはや、滅びの運命（さだめ）を与えられたわらわとは違う。わかるか、モーテンセン、わらわは新しい生きもの――古く干からびた生命を凌（しの）ぐ生命なのだ」

「ゼビアさま――それは」

「何も言うな。わらわはいま感動に打ち震えておるのじゃ」

「ゼビアさま――私は」

「黙れと申すに！」

モーテンセンは沈黙した。叫びは胸中に渦巻いた。

別のものになったものが、さらに変わろうとしている。それは進化か？　それとも単なる変身か。いいや――自分にはわかっている。

「いずれ、Ｄが来る」

ゼビアの口調は急に変わった。

「だが、もう怖れはせぬ。わらわは別の存在じゃ。やわか、ダンピールごときに遅れは取らぬぞ」

医師は恭しく頭を垂れた。

「奴はじきに来る。モーテンセンよ、おまえは何処ぞに控えておれ。決して不忠者と罪には問わぬ」

ゼビアは、不意に宙を仰いだ。

「夜が明ける」

このひと言は、モーテンセン医師も緊張させた。

「では――柩を修理して眠りにつくとしよう。おまえは外へ出て、修理が完了するまで柩を守るのじゃ。じきに後の二人も来よう」

外へ出た医師を二人の仲間が待っていた。イライザとチェシュ。チェシュが手にした銛には驚かなかったが、イライザのものは、医師の眼を丸くさせた。

「考えてみれば、少しもおかしくはないが、状況を考えると不似合いなものを」

手にしたヴァイオリンを、イライザは軽く持ち上げて薄く笑った。

「何のために?」

返事はない。

「破壊部分はゼビアさまが手ずから修理なさるだろう。我々は柩を安全な場所へと運ぶ」

「よっしゃ」

チェシュにも、イライザにも異論はなさそうであった。

たとえ水中とはいえ、石棺の重さは一トンを超える。三人はそれを軽々と持ち上げて運んだ。

その間――一分と経たぬうちに修理は完了したらしく、搬送を邪魔する水流も熄んだ。

奥へと進むうちに、周囲は三人が考えもしない奇観を呈して来た。

気づけば彼らは細い田舎道の上にいた。

二〇メートルほど前方に、小さな村の外れらしい光景が広がっている。夕暮れどきの空が赤い。

何人もの村人が集まって、前方の黒い馬車を涙ながらに見つめている。

馬車は明らかに貴族の紋章を扉に刻みつけていた。

窓のシェードが引かれて、一六、七と思しい娘が顔を出した。

「泣かないで」

と叫んだ。村人の中から母らしい女と弟と妹が窓辺に駆け寄った。

口々に娘の名を呼んで、行かないでと哀願するのへ、

「泣かないで。私は犠牲になりに行くんじゃないのよ。みんなの役に立つからと言われて行くんだからね。そう信じてる。みんなもそうして。でないと、飛び降りちゃいそうじゃない。さ

あ、もう行って」

　窓にすがりつく三人の手を、娘は顔をそむけながら引き剝がした。最後のひとりで、御者が鞭を入れた。

　走り出した馬車はみるみる速度を増して、村人と――三人の視界から消えた。

　三人は水に浸かったまま、眼をしばたたいた。村と別れの光景はもうなかった。

　ひとつだけ――母たちが呼んでいた名前だけが耳の中に揺れていた。

ゼビア

　三人は柩を下ろした。

「人間だったのね」

　イライザが言った。

「それが変えられちまったんだ」

　と、チェシュがつぶやいた。

「おれたちのように」

　モーテンセンの言葉に、うなずく者はいなかった。

　柩の中のものは、彼らと同じ人間だったのだ。だが、三人の眼には、怒りも侮蔑も浮かんでは来なかった。

　みんなのためになる――そう信じて去った娘の末路を傷つけることは出来なかった。三人は

前より丁寧に、一層優しく柩を運び、やがて立ち止まった。柩の中から、

「止めい」

とゼビアの声が命じたのだ。

「ですが――」

イライザの異議を、誇り高き声が、

「奴が来る。おまえたちは下がれ」

と撥ねのけた。

一同は無言で従った。柩は水中に沈んだ。

やって来た方を凝視する三人の前に、人影が現われた。世にも美しい影が。

D。

三人が合わせた。

美しい若者は柩の水没位置まで来て、

「手を出すなとは言わん」

と言った。三人は両手を上げた。

すっとDが身を沈めた。

水没地点に小さな渦が生じ、それも消えた。

柩の内部も腰まで浸す水は同じだった。

ゼビアの首だけが待っていた。下は水中に没している。

「わらわは改造手術を受けた。力に力が加わったのじゃ。最早、おまえも敵ではないぞ」

「そう思うか？」

とDが訊いた。

「――無論じゃ」

ゼビアは立ち上がった。両手には刑架を思わせる巨大な十字架が掲げられていた。

「作るのは一時間で足りたが、片手は焼け、片手はミイラ化した。それはおまえも同じはずじゃ。〈辺境〉一の貴族ハンター――おまえの力を支えるのは、人間に非ず貴族の血であろう。それは十字架を怖れ、十文字に怯える。おまえは違うのか？　どうじゃ」

すでにDは片手で顔を覆いつつよろめいて、水中へ倒れた。その不死身を支える貴族の血は、自らの怖れるものをDにも与えたのだ。

「そうして、とどめじゃ」

Dの身体が外部から一万トンの水圧に圧されて厚みを失った。

口と鼻から鮮血が噴き出したのも、前と同じだ。

「同じ罠にかかるとは――それもダンピールの愚かさよ」

のけぞって笑うゼビアの表情が変わった。

Dの身体を包んだ鮮血はそれ以上広がらず、猛烈な勢いで吸いこまれたのである。Dの口の中へ。

「それはこ奴の血じゃ。本来ならば、前回おまえは滅ぼされておったのじゃ」

水中で嗄れ声が陰々と響いた。

「貴族の〝血〟は人間の血よりも貴族のそれにより強く反応する。新たな力を含めての」

二度目の血とは血液の意味だろう。

Dは手を外した。その両眼が血光を放った。十字架めがけて水を切る。ゼビアが愕然と叫んだ。

「まさか——、おまえは——何者じゃ？」

刀身一閃——十字架は十文字の下から真横に断たれ、その背後から悲痛な苦鳴が水中を渡った。

二つになった十字架のそれぞれに、紫のドレスの上半身と下半身がくっついて——おお、水の深奥に沈んでいく。

「あの女も、奴の犠牲者だの」

左手の声に応じもせず、Dは上昇に移った。

黒雲の切れ目から、人々が忘れかけていた陽光が世界を照らしはじめていた。ゼビアの死とともに、船は〈狂海〉を抜けたのだ。

Dは海の上にいた。船の板切れをつなぎ合わせた筏に乗っているのである。前方——数メートルの位置に、デッケン号の船尾が浮かび、三人の男女が並んでDを見つめていた。

モーテンセンとイライザとチェシュと。

「陸へ戻っても、我々に行くところがない。この船に残ろう。いつか、私たちの住める場所に辿り着くかも知れない」

モーテンセンの言葉に、イライザとチェシュもうなずいた。

「私は見捨てられる前のゼビアさまに尽すべく、送りこまれたのだ。いまの彼女に与えられる力は持ち合わせていなかった」

モーテンセンの述懐であった。

下船前に、Dは操舵室へ向かった。船長の姿はなく、舵を握っているのはボーイであった。

「船長は隠退して船室へ戻られました。以後、船は私が操ります」

「長い付き合いだったからの」

と左手が言い、

「しっかりやれ」

とDが労った。

そして――いま。

去り行く船はひどく古び、傾いて見えた。

「どうなるかの?」

左手の問いに、答えはいつもない。

そのとき、左手がほお、と洩らした。

遠ざかる船の何処かから、あえかな響きが渡って来た。永劫の生命。悲しみの別名。

「ヴァイオリンじゃ」

と左手が言った。

返事はやはりなかった。

『D―血風航路』(完)

あとがき

映画で〈グランド・ホテル〉と呼ばれるジャンルがある。名称で早わかりのとおり、大ホテルに集まった人々の人生や生活模様を描くものである。

さらに、ちと頭を捻(ひね)ればピンと来るように、場所はホテルとは限らない。複数の人間が集まる場所ならば、すべてこの応用である。

列車でもいいし、廃墟でも構わない。一軒の民家でも、この条件に適えば、立派な〈グランド・ホテル〉である。

無論、空を飛ぶジェット旅客機でもＯＫだ。

ならば――船であったとしても。

こうして、『Ｄ―血風航路』は生まれた。

乗客の素姓は一部しかわからず、出自も、乗船の理由、目的も不明である。当然のことだ。謎の船が積んだ荷物は「謎」でなくてはならない。

そこへＤが現われる。

彼の敵は船に潜むものだけではない。海に棲むものたちもだ。

私は海辺の街の出だが、海が怖かった。

何がいるかわからないからである。引き潮の海浜は楽しい。小生物の宝庫である。しかし、ひとたび満ち潮となると――いきなり大蛸の触手や鮫の背鰭が接近して来ても、少しも不思議ではないのだ。

幼少の頃から観て来た映画が、それに輪をかけて怖かった。

「大アマゾンの半魚人」「水爆と深海の怪物」「海底二万哩」「吸血怪獣ヒルゴンの猛襲」（これは不気味だった）、そして定番「ジョーズ」が来る。いえいえ、私には「サンダ対ガイラ」であった。小船から海中を覗き込んだ漁師（だったかな）を、下からじっと睨みつけるサンダ（ガイラか？）の恐ろしさ、不気味さは血が凍ったといっていい。もういけません。

人間に残された唯一の秘境は「海」だというが、私には川でも沼でも湖でも同じことであった。湖で愉しくボートを漕ぐ連中の頭の中は、いまだにわからない。

じき、天気は崩れ、稲妻と風雨が狂操し、波立つ水面から何やら巨大なものが立ち上がって……。

何故か一度もこんなことはなかったが、私の海嫌いはいまも変わっていない。

だから、『D―血風航路』は、いつにも増して恐怖が漲っている。怖い怖いとすくみ上がる方が筆が乗るからだ。

そうそう「少年ケニア」で有名な山川惣治氏の描いた『白鯨』。波間からそびえ立つ大烏賊の脚の間を、主人公たちのボートは怖れげもなく通過していくのである（ボートだよ、船じゃないよ）。これは怖くて途中でやめてしまった。山川氏には、もう一本、海難事故に遇（あ）った赤ん坊が、オットセイたちに育てられる『少年エース』という傑作があるのだが、これにはもう思い出しただけでその場に硬直しかける大戦慄の一場面がある。ああ、思い出してしまった。

唐突だが、ここで。

菊地秀行

二〇二二年三月末日

「怪獣ゴルゴ」（'61）を観ながら

吸血鬼(バンパイア)ハンター㊵

D－血風航路

朝日文庫

ソノラマセレクション

2022年4月30日　第1刷発行

著　者　菊地秀行(きくちひでゆき)

発行者　三宮博信

発行所　朝日新聞出版

〒104-8011　東京都中央区築地5-3-2

電話　03-5541-8832(編集)

　　　03-5540-7793(販売)

印刷製本　株式会社 光邦

© 2022 Kikuchi Hideyuki

Published in Japan by Asahi Shimbun Publications Inc.

定価はカバーに表示してあります

ISBN978-4-02-265039-9

落丁・乱丁の場合は弊社業務部(電話 03-5540-7800)へご連絡ください。

送料弊社負担にてお取り替えいたします。

朝日文庫

菊地 秀行
貴族グレイランサー
吸血鬼ハンター アナザー

外宇宙生命体との戦争が激化する中、貴族最強の戦士グレイランサーは戦果を上げるが……。「吸血鬼ハンター」初の姉妹編、待望の文庫化！

菊地 秀行
貴族グレイランサー 英傑の血
吸血鬼ハンター アナザー

貴族打倒をめざす人間のリーダー・サンホークが現れた時、グレイランサーは――。「吸血鬼ハンター アナザー 貴族グレイランサー」第二弾！

菊地 秀行
吸血鬼（バンパイア）ハンター36 D―山嶽鬼

神秘の高山、冥府山に集まる腕利きの猛者たちと女猟師ミルドレッド、そしてD。共通する過去を持つ彼らを呼び集める城主の目的は一体――？

菊地 秀行
吸血鬼（バンパイア）ハンター37 D―闇の魔女歌

触れたものみな吸血鬼にする力を持つ女性エレノア。恋人の敵討ちを目論む女武器職人ケルトとDは、ローランヌの館でエレノア夫妻と出会う。

菊地 秀行
吸血鬼（バンパイア）ハンター38 D―暗殺者の要塞

ヴィンスたちイシュナラ村の七人は、山中の旧い砦に立て籠もり貴族ヴァンデルド臣下と戦う。砦を訪れたDも貴族軍のリゲンダンと対峙し……。

菊地 秀行
吸血鬼（バンパイア）ハンター39 D―鬼哭旅

名家の財産争いの顛末や、都の潜入捜査官の不審死の真相などDと出会った人間の多様なドラマを、ミステリータッチで鮮やかに描く短編集！